LA CASA VIEJA
Y OTROS RELATOS

LA CASA VIEJA
Y OTROS RELATOS

Isabel García Cintas

Autor/Isabel García Cintas
Editor: Amancay Ediciones, USA
www.isabelgarciacintas.com

Foto y diseño de tapa: Tomás & Isabel Jakovljevic

La Casa Vieja y otros relatos/Isabel García Cintas – 1ra. Edición
ISBN 978-0-9838523-9-1

Para Rosa Amanda

(El cuento,) en última instancia tan secreto y replegado en sí mismo, caracol del lenguaje, hermano misterioso de la poesía en otra dimensión del tiempo literario.

Julio Cortázar

Índice

La casa vieja

Hace unos meses soñé otra vez con la casa vieja. Pero era de día, el sol de la siesta pegaba sobre el asfalto de la avenida y hasta las sombras de los árboles espesos eran claras. Abrí la verja del jardín y entré tentativamente, desconfiada; caminé por los cuartos, la galería, mi rincón favorito de lectura. Toda la casa estaba bañada por la luz. Satisfecha, volví sobre mis pasos despacio y con premeditación salí a la calle. Cerré la puerta de la verja detrás de mí diciéndole adiós para siempre. Y así nomás, ella me dejó ir.

Entonces abrí los ojos. Mi dormitorio estaba oscuro, eran las tres de la mañana, leí en las letras luminosas del despertador. Sonriendo, me di la vuelta de costado y seguí durmiendo, sin imágenes.

Aquel fue un sueño notable pero su parte misteriosa, que yo ignoraba, quedó revelada ayer cuando me encontré con mi hermana. Quiero ponerlo en el papel ya mismo para después pasarlo al cajón de las cosas olvidadas, de las historias viejas de la familia, esas memorias que nos unen, pero de las que rara vez hablamos. Esas que se escapan a nuestro entendimiento.

¿Cómo explicar lo que pasó? Yo misma no lo creería si alguien me lo contara.

Por muchos años, allá en mis veinte, cultivé en forma involuntaria un repertorio de sueños reiterativos.

Nunca había sido de mucho soñar, así que la recurrencia despertó en mí cierta curiosidad. Durante la infancia y la adolescencia había disfrutado de un dormir robusto, profundo: pocas veces soñaba algo y como en mi familia los sueños, particularmente los que anunciaban hechos aún por suceder, eran frecuentes, vistos con seriedad y a los cuales se les prestaba atención, yo sentía que debía ignorar el tema. Nacida en la última mitad del siglo XX, me consideraba una mujer acorde con los tiempos. Por tanto las premoniciones, para mí, eran cosas de viejos.

Años después, cuando empezaron, los sueños me remontaban lejos. A un mundo nocturno con lugares desconocidos para mí, pero que con el tiempo se convirtieron en espacios familiares, minuciosamente detallados. No eran sueños que se destacaran por su desarrollo temático, no. Esos sueños repetitivos eran como jirones de historias más completas a las que solamente se me permitía asomarme un instante, como cuando leemos solo un fragmento de un libro en un artículo periodístico, o atisbamos, en escenas astutamente truncadas, cuán interesante va a ser la película que estrenarán la semana próxima.

Entre los variados lugares nocturnos curiosos y desconocidos que visité durante esas dos décadas, recuerdo la inmensa sala cinematográfica, por la frecuencia de los sueños y por la frustración que me producían. El cine era particularmente interesante, pues, al sentarme, las butacas miraban súbitamente hacia cualquier lado, excepto a la pantalla. Intenté muchísimas veces entrar por otra vía, por otras puertas. Hasta llegué a subir por una escalera detrás de cortinados y sentarme en la *mezzanina*, pero nunca conseguí ver la película de frente.

Pero la casa vieja no fue una creación nocturna, la casa vieja existió (y a lo mejor todavía existe); allí pasamos mi hermana y yo la adolescencia. Con nuestros padres vivimos momentos tristes y felices, como todo el mundo. Entonces, si en esa casa tuvimos una vida normal y sin mayores contratiempos, salvo la rutina de cuidar el peso para que llegase a fin de mes, entonces, digo, ¿por qué esos sueños tan negros? Cada vez que soñaba con ella era de noche. Caminaba hacia la puerta, o ya estaba adentro, o estaba saliendo, siempre con angustia en mi pecho, sintiendo la urgencia de irme y de alguna manera, con el temor de no poder hacerlo. Por suerte, siempre salía de la casa, pero con miedo, con una sensación de inminencia, de que algo estaba por sucederme.

Si bien vagos al principio, los sueños por repetitivos llegaron a fastidiarme. La angustia se prolongaba, como sucede con las pesadillas, largo rato después de despertar. Pasaron los años y yo me pregunté siempre qué significarían, si es que tenían un significado. Hasta que un día, hojeando una revista de temas generales en la sala de estar del dentista, de esas que no compro porque tienen demasiada publicidad y poco contenido, encontré un artículo sobre los sueños reincidentes. Me sorprendió, ya que era la primera vez que encontraba algo escrito sobre este asunto. Lo leí con interés y decidí poner en práctica lo que aconsejaba. Total, ¿qué podía perder? Al menos lo habría intentado.

Me preparé mentalmente, aunque sin mucha fe. Una noche, poco tiempo después, el sueño reapareció. Lo curioso es que dentro de él recordé el consejo leído en la revista y decidí ponerlo en práctica. Fue muy simple, me paré en la puerta de entrada y le dije a la casa, o al sueño, o a mí misma, quién sabe: "Ahora saldré de aquí, cruzaré el jardín, cerraré la puerta de la verja y me iré. Para siempre. No quiero volver más, no quiero este sueño, nunca más". Y me fui, nerviosa, caminando por la avenida en la que no había autos, justo por el medio, por donde no estaba tan oscuro, y seguí caminando, hasta que desperté.

Tal vez por sugestión, u otra cosa, el sueño desapareció durante un tiempo. Pero una noche, de pronto, volví a la casa. Hace unos meses, como dije al comienzo. Y había luz, era de día. Este era otro sueño. La casa y yo habíamos hecho las paces.

Cuando me reuní con mi hermana otra vez, a raíz de un viaje, le narré lo que había pasado con satisfacción y un poco de incredulidad todavía.

–Aunque te parezca raro, así fue como me liberé del sueño, actuando en él voluntariamente. Increíble, ¿no?

Nunca antes le había hablado de mi sueño. Nuestros contactos telefónicos internacionales siempre fueron breves y económicos, con temas más apremiantes para tratar. Me fijó unos ojos abiertos por la sorpresa. Hubo un silencio, como si ella no encontrara las palabras. La miré interrogante.

–Increíble por partida doble, o mejor, triple –dijo por fin, la voz un poco estrangulada por la emoción–. Yo tuve los mismos sueños tenebrosos con el cine y la casa vieja por años, angustiantes, como pesadillas... pero un día el miedo y la oscuridad desaparecieron. De golpe, hace poco, no sé bien cuándo, soñé con la casa como la recuerdo, con la galería iluminada por el sol.

Hizo una pausa en la que yo trataba de comprender lo que me estaba diciendo, mis ojos clavados en los de ella, conectadas por el invisible hilo de la sorpresa que nos unía más allá de las palabras. Rosita se encogió de hombros levemente:

–Parece que me llevaste a mí también cuando te fuiste y cerraste la puerta.

Nos miramos por un rato largo, sin decir nada.

–Pongamos agua para un té –fue lo único que pude articular.

Ella asintió con la cabeza, los ojos húmedos. En silencio caminamos lentamente hacia la cocina.

N. de la A: Esta historia recibió el tercer premio en el concurso literario Las Américas, organizado por el Miami Dade College en 2007

Almuerzo en Chez Antoine

María Laura

Faltan tres horas. Tengo tiempo todavía. Mejor me doy un baño de una vez. O mejor no. Tengo tantos nervios que estoy segura de que voy a transpirar entera antes de vestirme. Okey, tranquila. ¿Cómo dijo Carola que tenía que hacer? Respirar hondo, aflojarme y pensar que no soy la única que está nerviosa, pensar que esto lo he deseado toda mi vida, etc., etc. Pero la realidad es que cuando lo pensaba, por años y años, en tantas noches desveladas, imaginando situaciones, nunca creí que iba a temblar de esta forma y no estoy saliendo por la puerta de calle todavía. Ni siquiera elegí qué carajo ponerme. Faltan más de dos horas, Laurita, calmate. Otra vez, me dije Laurita. No sé de dónde sale el diminutivo. Quién sabe qué nombre me hubiesen puesto ellos. ¿Habrán llegado a pensar en un nombre? No me atreví a preguntarles. Cobarde. Cuántas cosas no me atreví a preguntar. Carola dice que está bien, que tengo que hacerlo a mi tiempo y en forma natural. Pero no hay nada natural en todo esto, desde que les dije a los viejos que iba a ver a mis padres. Pero, ¿qué me pongo? No quiero ir en *jeans*. Si mamá no estuviese tan triste, la llamaría y le preguntaría. Pero no puedo, no la quiero cargar también con esta boludez de mis dudas de guardarropa. Ya los lastimé bastante. Pobres viejos. Se vinieron abajo, sonriendo, sosteniéndose entre ellos, con saliva, para no decepcionarme. Porque yo vi claramente en sus ojos lo que sintieron cuando les dije que iba a verlos. A ver a *los otros*. Qué quilombo. ¿Quiénes son los otros aquí? ¿Mis padres, o mis viejos? Ya los llamo "mis padres" y Carola dijo que está bien. Que son mis padres, porque a los viejos siempre les dije "mis viejos". Pero Carola está en su consultorio y yo soy la que tengo que estar aquí, poner la cara, el cuerpo, el alma, en las manos de esos desconocidos que seguramente ni pensaron que me estaban engendrando, en quién sabe qué sitio, quién sabe cómo. ¿Habrán tenido un buen orgasmo? ¿Los dos? O seré fruto de algún encuentro casual y sin importancia... ¿Lo sabré algún día?... ¡Pero mirá las cosas que te preguntas, tarada! No sé cómo son ellos. Tengo miedo, sí, en serio, creo que tengo miedo de que me juzguen, que no me acepten. Pero Carola dijo que es normal este miedo, así que cortala y achicá el pánico, Laurita, ¡dejate de joder y metete en la ducha!

Marisa

Esta vez Gino me hizo un buen corte de cabello y el color quedó natural. Una suerte, porque no siempre le queda así. Quiero estar elegante y linda para ella. Y también, por qué no, para Ricardo, después de todos estos años. Un cuarto de siglo sin verlo. No me mandó ninguna foto, ni yo a él. La que le mandé por email a la nena era la mejor que tenía a mano. ¡Y ella es tan bonita! ¿Qué pensará de mí?

Nos estaba buscando. La llamo "la nena". Tantos años de pensarla, de sentirla *mi nena*. Sin querer permitirme darle una identidad que no sea la que tenía cuando la vi por primera y última vez. Cuando dejó de llorar y me miró y aunque sé que todavía no podía ver yo sentí que esos ojos me traspasaban hasta el fondo, como si supiera, como si me preguntara, como si me pidiera... Tantas veces reviví esos escasos minutos en que aquellas monjas me dejaron acunarla, un ratito nomás, pero no lo suficiente. "Como para que te acostumbrés", dijeron. Qué sabrán ellas. ¿Acostumbrarse a un hijo? ¿Cómo una se puede acostumbrar, o no, a un trozo de sí misma, que está ahí para siempre y que no se puede separar, aunque esté lejos? Está ahí y es definitivo. Si hasta llegué a pensar que hubiese sido mejor no tenerla, mejor haber cometido un pecado mortal y que no naciera nunca... para evitarme la culpa, para haber podido vivir otra vida, como el resto de las mujeres. Ahora, después de tantos años y tanto ocultamiento, la llamada que jamás esperé. Apenas escuché su voz supe que, aunque no nos conocimos mucho, Ricardo también ha cargado con el recuerdo de nuestra nena, con el dolor de haberla dejado ir. Qué chiquilines, qué ignorantes. Si hubiésemos sabido lo difícil que iba a ser. Las vueltas que da la vida, como decía tía Cata y nos reíamos. Pensar que él, un atleta, increíblemente buen mozo, pasó todo ese fin de semana sin separarse de mí, una flaquita sin atractivos. Sin saber que ese fin de semana nos iba a dejar marcados para siempre. Ahora él quiere verme y yo también a él. Estamos atados por aquel fin de semana y por el pacto de entregar a la nena, de perderla para siempre. Un pacto culpable. Ella jamás nos va a perdonar. Estoy segura. ¿Y cómo explicarle, si nos pide explicaciones? Ricardo confía en que no, en que si nos ha buscado es porque quiere saber, nada más, que ella también debe tener sus miedos y sus dudas. ¿Seguirá tan buen mozo como en los años de estudiante? ¡Pero qué idea tan idiota! Mejor me visto y salgo con tiempo, porque tengo que conseguir un taxi. No me siento con fuerzas para ir hasta allá en el sub-te. ¿Dónde puse la dirección del restaurante? Ah, sí, acá. Chez Antoine. ¿Cómo se pronunciará? Es francés y muy discreto, dijo Ricardo. Sonaba como un hombre de mundo en el teléfono. Es un profesional exitoso... A ver, una últi-ma mirada. Estoy temblando de arriba abajo. Tengo que controlarme. Respiremos hondo otra vez.

Ricardo

Me revienta ponerme tan nervioso antes de una reunión. Yo que siempre mantengo la calma para poder negociar bien. Lo aprendí de papá, que me aconsejaba dejarme de joder con los deportes y darle duro a los números. Y el vie-jo tenía razón, después de todo. Si no fuera así, ¿dónde estaría yo ahora? Pero hoy es como si no tuviera calma, no puedo concentrarme. Suerte que Marisa sonaba cuerda y coherente. Aquella rubiecita del colegio. Una de las más serias y de las menos coquetas, ¿quién iba a pensar la po-lenta que tenía en la cama? Qué macana que yo ya estaba enganchado con Silvia y su familia. Y la beca que su viejo me consiguió. Marisa no tuvo chance. Pobre Marisa, se bancó lo peor, por su cuenta. El chubasco con sus viejos y después los meses de internación en la *clínica de madres solteras* para esconder la panza. La beba tuvo que irse y aunque a mí no me dejaron entrar a verla yo estoy seguro de que era hermosa. ¡Carajo! Si todavía se me arruga el estómago cuando pienso en ellas dos, ahí solas, en ese hospital. Y yo en la puerta, rogándole a esa monja que me dejase cinco minutos nomás. No porque yo estuviera metido con Marisa, no. Era más bien por un sentimiento que me nacía de adentro, una cosa rara que nunca había sentido ni volví a sentir. La verdad, no me gusta nada estar revolviendo estos recuerdos, pero yo mismo empecé este baile aunque, en serio, creí que iba a ser más fácil. Siempre las cosas me salieron fáciles. Menos con Silvia, esa loca, que me dejó para seguir a otro. Pero de última, mejor, porque ya no nos bancábamos. Quedé retemblando por años. Y de pronto, caído del cielo, apareció el nombre de Marisa en esa lista de profesionales. Marisa Cardozo. ¿Soltera? "Sí, nunca me casé". Le temblaba la voz, pero echó una risita para disimular. Y los emails, qué sorpresa. Madura y sensata, con un toque de humor. Quién lo hubiera dicho. De no creer en todo lo que coincidimos. Así me animé a largarle la idea de buscar a la beba. Que es una mujer de veinticinco ya. Y ella se prendió. Y todavía más asombroso, la beba, María Laura le pusieron, estaba buscándonos también. ¿Habrá comunicación de pensamientos? No, seguro que no, qué estoy diciendo. Solo una gran coincidencia. ¿Cómo la habrán tratado los años a Marisa? Sonaba juvenil. A ver esta panza, la mantengo bastante chata, por suerte. Y los bíceps, no están mal para casi cuarenta y seis pirulos. A Marisa le gustó la idea de un bistró francés discreto. Ahí me conocen bien y les pedí aquella mesa en una esquina del salón, la más separada. Ahora, si me dejaran de temblar las manos podría afeitarme como la gente. Esas dos mujeres son lo más parecido a una familia que me queda. ¿Y si no funciona? Dejate de joder. Tiene que funcionar.

N. de la A. Este cuento obtuvo el Segundo Puesto en el concurso Poetas y Narradores del 2012 organizado por el Instituto de Cultura Peruana de Miami y la revista *Mujer*, y figura en la Antología publicada ese mismo año por el I.C.P.

Pedido de auxilio

Miro por la ventana la calle mojada mientras escucho a Joan Manuel Serrat cantar con voz veinteañera *Llueve/ detrás de los cristales / llueve y llueve / sobre los chopos medio deshojados / sobre los pardos tejados / sobre los campos, llueve...* Pero, claro, como estoy en Florida no hay chopos deshojados, sino plantas tropicales de verde lujurioso, agradecido, bajo las gotas tibias. Tampoco hay pardos tejados. Aunque por suerte me rodean muchas plantas con hojas que titilan húmedas en la luz gris de la tarde. Lo único pardo por acá son las chapas con que están construidas las casillas de este *tráiler park* en el que hemos venido a parar el Pablo y yo, después de que perdiéramos nuestros trabajos fijos en el hotel de Miami Beach y nos pusiéramos por nuestra cuenta. Él cortando el pasto de las casas de los gringos de Hollywood cuando no llueve y yo limpiando por hora dentro de las mismas casas, aunque llueva. Vuelvo a la música. Este Joan Manuel siempre me emociona. Soy una romántica, qué le voy a hacer.

–Teléfono. Es la Tota, parece que se metió otra vez en algún quilombo –dice el Pablo, interrumpiendo y dándome el celular, que por suerte todavía podemos seguir pagando para comunicarnos con el mundo. Lo miro interrogante y él se encoge de hombros.

–Tota –digo yo, bajando el volumen de la música y esperando alguna historia larga, como siempre–. Qué decís, che.

–Estoy desesperada, Piru, tenés que ayudarme a salir de aquí –dice la Tota del otro lado, con una voz baja, entrecortada por las lágrimas. Otra vez. La Tota llora todo el tiempo desde que se metió con el cretino del Antonio, un mal tipo. Buen mozo y charlatán, con ese acento centroamericano, pero mal tipo.

–Calmate. Qué pasó, decime, seguro que fue ese malandra.

–Ay, Piru, por qué no te di bola cuando me decías que él no era lo que parecía...

–Bueno, ahora es tarde para eso, ¿qué pasó? ¿Estás sola?

–Sí, y tengo poca pila en el teléfono, Piru, escuchame bien porque el Antonio vuelve en cualquier momento y tengo que cortar. Ya hice el bolso, vení a buscarme. Esta noche misma me rajo de aquí. No lo banco más. Me puso un ojo negro de vuelta porque sin querer abrí un cajón de la cómoda y había unos paquetes raros, me encontró levantando uno para ver qué era...

–¿Y qué era?

–No sé, Piru, no tuve tiempo de ver porque apenas levanté uno, abrió la puerta y me reventó de una piña contra la pared.

–Hijo 'e mala madre. Tenés que dejarlo, Tota. Quién sabe qué porquería tiene ahí. ¿Cómo eran los paquetes?

–Parecían de lo que ya te imaginás, pero no sé bien qué era –cambia de tema–. Escuchame, me voy hoy mismo, pero tengo miedo de que aparezca ahora... ¿me podés venir a buscar, a la Shell, después de las ocho?

Miro afuera. Todavía llueve a cántaros. Pienso en la Shell, del otro lado de la autopista, a una cuadra del *tráiler park* del Antonio. Si la conoceré.

–Claro, pero tené cuidado, que no te vea, porque te va a golpear otra vez.

–No, a las siete y media tiene que estar en algún lugar, lo escuché hablar con alguien. Ya tengo todo listo. No me fallés, ¿eh? –En el silencio que sigue todavía suena la cadencia del cantito cordobés. La tranquilizo.

–Pero no, cómo te voy a fallar. Cuidate al salir, que yo estaciono justo atrás del Seven Eleven, para que no me vea nadie, como siempre –le digo con resignación, porque me voy a perder *Xica Da Silva* y esta es la segunda vez que la pasan y hasta ahora yo no me perdí ningún capítulo.

–Gracias, Piru, te debo otra. Pero no los voy a jorobar esta vez, me llevás a un motel cualquiera, porque el Antonio no sabe ni dónde se mudaron ustedes, no me va a poder rastrear.

–Está bien. Ya veremos donde dormís esta noche. Ahora hacé como que no pasa nada, para que no sospeche. El hijo 'e su putísima madre.

–No sé qué haría sin vos, Piru...

–Shh, dejate de jorobar, para eso están las amigas, ¿no? –digo yo, con un poco de culpa, porque estoy pensando que es una boluda que no puede ver una mala onda ni aunque sea un tren que se le viene encima.

Corto con un resoplido. El Pablo me mira con cara burlona mientras me pasa otro mate.

–Te agarró de punto otra vez. Sabe bien cómo envolverte... unas lágrimas de cocodrilo y listo. Pero ella se los busca, todos matones y atropelladores de mujeres.

–Ya sé. Pero nos hemos criado juntas. Es más que si fuera mi hermana. Una hermana que no aprende más, claro, pero es lo único que tengo a mano –digo como excusa y me encojo de hombros, porque esta tarde de porquería ya se ha puesto muy emotiva: la lluvia, Joan Manuel y con la Tota otra vez a cuestas. Como tantas veces desde que se fue de Córdoba y la invité a que se viniera conmigo a compartir la pieza de pensión en la Avenida de Mayo. Me acuerdo de que yo vivía bien feliz en la capital desde que me avivé que, de quedarme en el pueblo, me haría vieja y sin ver mundo. Siempre me sentí responsable por la Tota, tan necesitada de consejo.

Saboreo otra vez el gustito familiar y querido. Y me doy cuenta de que en este lugar extraño lo único que me mantiene fuera de un manicomio son el Pablo, la Tota y el mate. Y no importa lo que hagan, porque no son ellos los que están dependiendo de mí, sino que yo estoy agarrada con un hilo a ellos, un hilo que tiene muchos kilómetros y que me lleva a las margaritas deshojadas y los pardos techos de las casas de mi pueblo, perdido entre los campos chocleros de Córdoba. Le devuelvo el mate y le planto un beso que él retribuye de buena gana.

Me soplo la nariz y seco las lágrimas otra vez, mirando afuera por la misma ventana de aquel día en que me llamó la Tota. El Pablo se acerca y me rodea los hombros con su brazo tibio y fuerte. Hoy está soleado y las hojas de las palmeras brillan contra el cielo de verano. Era una tarde de sábado igual que esta, pero llovía. A la noche también llovía a cántaros cuando entré despacio por el callejón de atrás de la Shell y los focos del auto iluminaron el costado de los tachos de basura, donde tantas veces me encontré con ella a escondidas para pasarle unos dólares. Porque el mafioso del Antonio la golpeaba si no le llevaba la cuota que él esperaba después de caminarse de arriba abajo la avenida con esos tacones de plataforma, pobre Tota. Y fue ahí donde la vi, en un charco de agua aceitosa, la nuca torcida, los ojos abiertos con miedo, la ropa pegada al cuerpo rígido y unos pasos más allá, el bolso empapado.

Un estremecimiento me sacude de arriba abajo y él acaricia mi brazo con ternura. Me apoyo en su hombro y lloro despacito, hasta calmarme un poco.

N. de la A: Este cuento salió finalista en el Primer Concurso Cuentomanía, auspiciado en 2015 por el Betsy Hotel de Miami Beach, la librería independiente Books and Books de Miami y la revista digital Suburbano.

Memorias de una muñeca de porcelana

Esta mañana me despertaron otra vez. Cuando la caja se abrió y distinguí la luz después de tanto tiempo, me costó acostumbrar los ojos al brillo inesperado, pero me hizo feliz volver. Los largos intervalos entre las generaciones de la familia durante los que me guardan a descansar son reparadores, pero nada mejor que volver a la acción. Volver a ser admirada, acariciada y protagonizar las pequeñas historias que crean y recrean las chiquillas en sus juegos... Ser testigo de sus tristezas y alegrías... Verlas crecer... y despedirlas.

Como decía antes, esta mañana mi última mamá abrió la caja en la que me había puesto a dormir hace muchos años y retiró con cuidado las piezas de papel de seda que me cubrían, hasta que por fin quedé expuesta a la luz del día. Cuando me levantó, se me abrieron los ojos. Y como casi siempre cuando me despiertan de un largo sueño, me encontré en un cuarto desconocido, en una casa en la que nunca estuve antes.

–Hola, –pensé y hubiese querido poder sonreírle, pero creo que ella leyó en mis ojos el cariño con que recibí la caricia de su mano sobre mi mejilla.

Ella es ahora una mujer. La última vez que nos vimos, cumplía dieciocho y se despidió de mí con los ojos húmedos. Cuando me acunó entre sus brazos, había terminado de empacar sus bártulos para marcharse a la universidad. Me dejó en casa de su madre, otra antigua mamá mía, en la hermosa caja blanca que abrió esta mañana con tanto cuidado. Esta vez la acompañaba una niñita de rasgos familiares. Tiene la mirada clara y feliz como la de Amanda cuando era pequeña, antes de la gran pena.

–Esta es Sabrina –me presentó con orgullo.

–Ay, má, ¡Es preciosa!

–Yo te dije que es mi muñeca preferida. De ahora en adelante es tuya. Vas a cuidarla mucho.

La niñita me tomó en sus bracitos, me acarició y ambas me quitaron la ropa, dejándome con mis bellos calzones largos de puntillas y la batita de lino que cubre mi pecho de porcelana. Se llevaron el vestido verde claro con cintas blancas a lavar y planchar, una ceremonia que al terminar me deja bellísima, con la falda de seda sin arrugas, cayendo con gracia hasta las botitas de badana. Comento esto porque me he mirado en el espejo más de una vez. Y me encuentro muy bonita, con mis rizos de pelo natural castaño cayendo sobre los hombros y los brillantes ojos canela claros con largas pestañas que se abren o cierran según si estoy de pie o acostada. Al artista que dio los toques finales a mi carita, allá hace tanto, lo recuerdo jovencito y buen mozo, y cuando terminó su obra me miró con gran satisfacción.

Ahora estoy sentada sobre la cama de mi nueva mamá, mirando hacia el cielo azul. El aire es cristalino y fresco, afuera se ven hojas doradas, rojizas; una paleta de colores que se divisa a través de la amplia ventana enmarcada con cortinas de *voile* rosado. Veo que a ella le gusta el color rosa, como a su mamá y a sus tías bisabuelas.

Ese color me trae tantos recuerdos...

Era rosa pálido el papel con que me envolvieron la primera vez que salí del escaparate donde me exhibían junto a otros muñecos y juguetes, en aquel pequeño negocio alumbrado con luz de gas. Sentada en la vidriera, con un vestido azul con moños blancos, me vio mi primera mamá, cuando pasó de la mano de su padre, unos días antes de Navidad, por aquella transitada calle de Almería. Me miró durante largo rato, la carita apoyada contra el vidrio. Recuerdo su felicidad cuando esa Nochebuena abrió la caja y me estrechó en sus brazos.

–Se llamará Sabrina –dijo simplemente, mientras me acunaba con ternura.

Ella creció y me guardó por un tiempo, mientras estaba ocupada en Cartagena casándose y teniendo un varón, Francisco, y una hija, María. Cuando fue la hora de despertarme, me encontré subiendo en brazos de la niña a un inmenso buque camino a Buenos Aires.

Vivimos en un par de cuartos humildes en una pensión de inmigrantes cerca del barrio La Boca, donde la gente hablaba un idioma extraño. Después nos mudamos muchas veces. Nació Amanda y cuando la familia se radicó en Córdoba, María ya había crecido y Amanda me tomó en su exclusivo cuidado.

Dije que el color rosa me trae recuerdos.

Rosado era el vestido que Amanda llevaba el día en que ella y su madre bajaron del tranvía y caminaron una cuadra hacia la casa. Yo iba cómodamente instalada en el brazo izquierdo de Amanda, quien con el derecho iba prendida de su mamá. Entonces fue cuando escuché las pequeñas explosiones, tres de ellas, seguidas. Amanda me estrujó tratando, sin lograrlo, de sostener con la otra mano a su madre, que se derrumbaba sobre el empedrado húmedo de la calle.

La gente corría, escuché muchos gritos, entre ellos la voz desesperada de Amanda llamando a su madre. No vi más pues ella me aplastó contra su pecho. Corrimos juntas, corrimos desesperadas porque a quien disparaba el arma no le importó que una desprevenida mujer con su hija, al cruzar la calle, recibiera las balas que iban dirigidas al enemigo en la vereda de enfrente.

Golpeamos puertas, aterrorizadas, hasta que alguien nos abrió y nos dio refugio... Recuerdo el vestido rosa con manchas de sangre, como flores brillantes sobre el lino pálido, mientras Amanda, llorando sin consuelo, trataba de contestar preguntas a un señor uniformado.

A mi primera mamá no la vi más. Lo último que recuerdo fue su cuerpo inerte sobre el empedrado.

Fui la compañera y confidente de Amanda por muchos años, presencié sus lágrimas y la consolé del inmensurable dolor de haber perdido a su mamá y la herida incurable de haberla visto morir así.

Pasaron los años y su hermano se casó y tuvo dos nenas. El día en que la mayor necesitaba llevar una muñeca para acunar en una representación del jardín de infantes, Amanda me cosió un vestido verde nuevo y, bajo la mirada nostálgica de María, me cedió a ella con ternura de madre.

Cuando mi nueva mamá creció, se fue de la casa y, yo dormí plácidamente en una caja en un armario en la casa de sus padres. Por fin, un día me presentó a su hija, en una hermosa ciudad con lagos y montañas de La Patagonia. Con ella viajé y conocí muchos lugares bellos. Cuando su época rosa pasó, después de que nos mudáramos acá al norte del continente, llegó mi descanso. Y también su despedida, al partir para la universidad.

Ahora voy a acompañar a mi nueva mamá durante su infancia. Escucho que habla en un idioma distinto, que todavía no entiendo, pero sé que comprenderé muy pronto.

Es una hermosa mañana de otoño, se ven las hojas amarillo-naranja brillar en el aire matinal. Cuando me pongan otra vez mi vestido limpio y planchado, seguramente saldremos de paseo a visitar esta nueva ciudad.

Tráfico lento

Sucedió en Biscayne Boulevard, durante la gran reconstrucción vial, allá por el 2007. Fue un lunes, una de las tantas aborrecidas mañanas de desvíos y filas de a uno en fondo, entre el ruido de las topadoras y la tierra suelta de las excavaciones que el viento levantaba.

Había salido tarde de casa y estaba maldiciendo la falta de controles ambientales de Miami, respirando el espeso humo del escape detrás de un ómnibus de pasajeros y apurado por llegar a la próxima esquina para desviarme hacia cualquier otra calle que me llevara al centro.

Entonces me fijé en la chica. Se paseaba nerviosa entre la puerta de un motel y la esquina, a pocos metros de mi auto. Era una de esas jovencitas provocativas que ocasionalmente caminaban en algunas zonas del *boulevard*, y eran un pintoresco resabio de lo que fuera un próspero negocio. Las refacciones, las rondas policiales y las mejoras edilicias ya habían propiciado la remodelación de los viejos moteles que todavía hoy tal vez alberguen furtivas transacciones carnales.

Yo nunca tuve que pagar para conseguir una mujer, pero me gustaba guiñarles un ojo, o hacerles un gesto de saludo pasajero a esas trabajadoras que desde temprano recorría el *boulevard* ofreciendo su mercancía tras un pesado maquillaje y un vestuario liviano.

Qué ironía. Ellas caminando al aire libre y yo rumbo a un cubículo con mi nombre, en un piso de idénticos escritorios, sin acceso a las ventanas, nueve horas por día.

El ómnibus paró a cargar pasajeros. Frené y miré por el espejo retrovisor. Detrás de mí el chofer de un SUV gigante puso cara de fastidio. Volví mi atención a la chica justo cuando un hombre se le acercaba con paso apresurado y se plantaba frente a ella. Bien cerca. Era joven, macizo y muy alto.

El tipo la tomó del brazo, ella forcejeó para soltarse y él le dio una bofetada que la hizo tambalear y a mí dar un respingo en el asiento. Recuperándose, se zafó hábilmente de la mano que la aprisionaba y echó a correr. Cruzó delante de mi auto como una exhalación, firme sobre los tacos altos y finos, las piernas adolescentes desnudas bajo la minifalda que con la carrera se le subía bien alta, el pecho agitado bajo el audaz escote. Me volví hacia el hombre. Él la había seguido unos pasos, hasta el cordón de la vereda. Fascinado, miré a la chica, quien corriendo y pisando charcos ya llegaba al otro lado de la avenida, donde los autos venían de contramano a mayor velocidad. Pensé que si cruzaba sin mirar la iban a atropellar y ninguno de nosotros podría evitar el accidente.

Pero no, ella alcanzó la vereda después de esquivar a un camión. El muchacho otra vez hizo amago de seguirla, pero se volvió, como maldiciendo a alguien. La chica, siempre corriendo, tironeó del bolso algo que parecía un teléfono celular. El hombre hizo una seña a otro tipo que estaba no muy lejos, quien cruzó, despacio, sorteando autos, sin perderla de vista. Listo para seguirla y continuar lo que sea que el otro no pudo hacer.

Todo sucedió en cuestión de segundos y fue lo último que pude ver, porque el del SUV me sobresaltó con un irritado bocinazo; el ómnibus delante de mí ya había avanzado varios metros.

Apreté el acelerador y seguí la fila.

La Tormenta De Sal

Matías ajustó su pequeña mochila al hombro, levantó los anteojos de sol y bajó las escaleras del hotel. En la recepción dejó las llaves a la portera.

–La cena es de siete a once –dijo ella

–Gracias –alcanzó a responderle, antes de salir al sol calcinante.

Sus compañeros de la universidad todavía no habían llegado a Miramar, pero como él tenía dos días libres antes de comenzar el proyecto, decidió aprovecharlos. El calor en la planicie donde está la laguna de Mar Chiquita no había amainado desde antes del mediodía, cuando bajó del ómnibus. Pero eso no le molestaba después de un par de trabajos de campo en la cordillera, donde el frío le había taladrado los huesos.

La playa estaba como siempre, llena de turistas que alternaban entre los baños de barro termal, las inmersiones en las pesadas aguas salinas y el refugio temporario de las sombrillas, para volver a la rutina del tratamiento. Bandadas de aves cruzaban a menudo por la zona, en un concierto de alas batientes, colores, chillidos o cacareos que llamaban la atención, fascinaban a los niños y motivaban a los fotógrafos aficionados.

Matías caminó largo rato buscando un sitio alejado y se tendió al sol, que reverberaba sobre la arena desde un cielo celeste blanquecino.

Enumeró mentalmente los pasos que iba a seguir con el grupo de trabajo para relevar el estado de las aguas y el caudal del afluente de la laguna, pero con la languidez de la tarde, el almuerzo reciente y el cansancio atrasado fue cayendo en un letargo liviano y grato.

De pronto sintió que alguien se reclinaba a su lado. Al abrir los ojos se encontró con un rostro bellísimo, enmarcado por una cabellera larga color castaño y una mirada verde profunda que lo escrutaba con atención. Todavía adormilado, se incorporó a medias y la vio retroceder levemente, sonriendo. Un estremecimiento lo recorrió entero y Matías se restregó los ojos.

–¿Sí? –preguntó, todavía un poco somnoliento, esperando que ella dijera algo.

Pero la mujer desapareció. Miró a su alrededor, ahora alerta, y notó que casi todos los turistas se habían marchado de la playa y los más cercanos se encontraban a metros de distancia. Era evidente que había dormido un largo rato.

Apoyó la cabeza sobre la toalla y, ahora bien despierto, se preguntó qué habría sido esa imagen tan clara que apareció frente a sus ojos, dudando de que fuese un sueño. Imaginó que con el intenso calor, bien podía estar insolándose y la muchacha ser un espejismo. Decidió buscar un lugar a la sombra y encontró un pequeño bar al aire libre, bajo los árboles. Mirando alrededor, con la inexplicable sensación de que tal vez podría encontrarla, pidió un jugo de frutas. No comprendía por qué se sentía tan inquieto. Seguramente había sido un sueño motivado por el intenso calor, que él había subestimado. En el espejo del bar notó que el sol lo había dorado bastante y con el tono de la piel su cabello parecía aún más claro. Por fin se encaminó al hotel para una cena temprana, todavía frustrado por la indefinible sensación de la extraña experiencia.

Cruzó las calles del pequeño centro comercial de la ciudad, al atardecer repletas de turistas. Revisó sin mucho interés algunos libros y en uno de los negocios de artesanías regionales se interesó un momento en una mesa con estatuillas. Una de ellas llamó su atención. La levantó, un poco sorprendido. Se trataba de una esbelta mujer cincelada en una madera clara, de unos veinte centímetros, pero lo que capturó su interés fue el rostro, familiar, y la cabellera que bajaba hasta los hombros.

Estoy volviéndome loco, debe ser la insolación, se dijo. Porque el rostro de la estatuilla se parecía notablemente a la mujer de la playa. La miró por largo rato encontrando detalles que no había llegado a ver antes; el busto erguido, la cintura esbelta y la falda que caía sobre la curva perfecta de las caderas para llegar a unas piernas torneadas que terminaban en dos delicados pies descalzos, apoyados sobre una plataforma de cerámica. La modelo debe haber sido una mujer muy parecida a la alucinación que tuve esta tarde, se dijo. Entonces sí, había una mujer y, tal vez, esa era la que él había visto en la playa. Quería creer que era real y se dijo que posiblemente había estado aletargado y por eso le pareció un espejismo. Era evidente que ella existía, no la había soñado, y ese pensamiento lo llenó de expectativas.

–¿Cuánto cuesta? –preguntó a la atareada cajera, sosteniendo la estatuilla en su mano.

–Treinta pesos –respondió la muchacha.

Matías sacó el dinero y pagó, mirando fascinado su adquisición, mientras la chica la envolvía en un liviano papel de tisú. La llevó en la mano, casi quemándole, por la necesidad de abrir el paquete y volver a verla y asegurarse otra vez de que la modelo era ella, la chica de la playa y de que estaba ahí.

Cuando llegó a su habitación ubicó la estatuilla sobre la mesa de luz. La figura miraba hacia un costado, como a algo lejano, la cabeza erguida y el cuello largo y perfecto hasta los pechos turgentes. La giró, pero todavía el gesto era distante. Matías admiró la habilidad del artista, capaz de tallar un rostro tan natural, casi como pintado en un lienzo.

Revisó la correspondencia y se dio un baño. Mientras se vestía, observaba la estatuilla de a ratos. Finalmente, bajó al comedor, tratando de sustraerse del ridículo hechizo de un figurín de madera. Eso es lo que es, se dijo, un bonito figurín de madera tallada que, por efectos de mi insolación, me está absorbiendo el seso.

En el comedor encontró a dos compañeros de la universidad que habían llegado al pueblo un rato antes y estaban esperándolo para cenar. Estuvieron de acuerdo en hacer al día siguiente una excursión en jeep por la costa de la laguna, hasta un famoso hotel europeo abandonado, construido por empresas alemanas antes del fin de la Segunda Guerra. Se decía en el pueblo que había sido edificado para recibir y esconder fugitivos de guerra y funcionó por unos años. Luego fue abandonado y quedó en pie en la costa, vacío, demasiado imponente para el lugar, nutriendo leyendas de fantasmas y complots internacionales, historias sin duda fomentadas por los operadores turísticos.

Al día siguiente amaneció ventoso. Se reunió con sus colegas pero hacia el mediodía el aire estaba tan contaminado con la sal que se levantaba de la costa que los tres tenían los ojos irritados y les ardía la nariz. La excursión se suspendió y decidieron regresar al hotel hasta que amainara. En la calle los peatones se apresuraban a buscar refugio y la sala y el bar del hotel estaban ya llenos de frustrados veraneantes.

–Se nos ha venido encima otra tormenta de sal –dijo la recepcionista, con el estoicismo del que conoce lo que va a suceder y sin inmutarse ante el grupo de turistas de Buenos Aires que hacían preguntas, exasperados por la interrupción de sus baños–. La tormenta tiene su ciclo, así que ármense de paciencia nomás.

–Serán dos días de pérdida, por lo menos –dijo uno de los compañeros de Matías, estudiando su teléfono celular–, seguramente se suspenderá la entrada de los ómnibus de larga distancia.

Se miraron con inquietud. Una demora así les atrasaría el trabajo que debían presentar para el proyecto de ley sobre las aguas y el manejo del caudal del río Dulce, que esperaban llevar al Senado en Buenos Aires.

Tras el almuerzo, los tres se reunieron a compilar datos y organizar papeles. Dos horas después habían terminado y Matías se quedó solo en el bar del hotel, mirando por la ventana la calle desierta y pensando en la experiencia del día anterior, a la que volvía continuamente, como si algo estuviese incompleto y necesitara revivirla una y otra vez, aunque sin entender por qué ni cómo.

Afuera el viento arremolinaba un polvillo de sal que parecía nieve fina. Matías imaginó el torbellino que se estaría levantando hacia lo alto, en espiral, hasta formar lentamente la pluma de sal que había estudiado tantas veces en fotos de la NASA, tan similar a un huracán en su forma y que cubriría la zona.

Pidió un café y trató de concentrarse en sus papeles. De pronto sintió la presencia de alguien a su lado. Con sorpresa reconoció a la hermosa mujer de su sueño y modelo de la estatuilla. Un temblor lo recorrió de la cabeza a los pies. Vaciló unos segundos y ella le sonrió con sus labios sensuales otra vez, como en la playa. Él se puso de pie.

—¿Puedo acompañarle un momento? —preguntó ella con un acento indiscernible.

—Por supuesto —dijo, sorprendido, acomodándole la silla.

Hubo un silencio embarazoso mientras ella se sentaba, cruzando sus esbeltas piernas. Matías volvió su atención a la cara de la bella desconocida. Dentro de su mente se cruzaban ideas encontradas. Era evidente que se trataba de la modelo de la estatuilla, pero no entendía por qué estaba ahí.

—¡Lo he sorprendido! No fue mi intención —dijo en un tono risueño, con una voz que a Matías le sonó musical—. Mi nombre es Mampa Anzenuza.

—Matías Lamberti —se presentó, tratando de componerse y mirándola hechizado, agregó—: Un gran gusto.

Con evidente intención y una chispa vivaz, los ojos verde-oscuro como las aguas de la laguna estaban fijos en los suyos.

En pocas palabras ella explicó que pertenecía a una familia muy antigua de esta zona, y que vivía del otro lado del mar, pero que estaba hospedándose en ese mismo hotel por unos días. La voz de Mampa fluía cálida, con el ondulante acento de los locales. Él, todavía sin entender bien por qué ella se le había acercado, pero tratando de ser cortés, comentó que era de Rosario y estaba de paso, trabajando con un proyecto hidrográfico.

–¿Me acompaña con un café? –preguntó, llamando al mozo.

–Un vaso de agua, gracias. Cuénteme sobre su trabajo. A todos los nativos de esta zona nos interesa saber de cualquier proyecto que se presente para conservar el caudal de *nuestro mar.*

Matías, que había tenido toda la intención de averiguar más sobre ella, se vio obligado a complacerla hablando de su trabajo de postgrado. Mampa parecía absorber cada palabra con gran interés, los ojos verdes atentos y expresivos, intercalando comentarios que denotaban un buen conocimiento de las riquezas naturales de la zona. Ella llevó la conversación hacia el flamenco andino, una variedad que Matías había estudiado y hablando de ellos los ojos de Mampa brillaron y su voz adquirió un tono urgente.

–El mar ha creado un alimento especial para nuestros flamencos.

Matías asintió. En Mar Chiquita, como en el Mar Muerto, hay un crustáceo de aguas saladas que les da ese profundo color rosado a las aves, haciéndolos una variedad distintiva de ambos mares.

–Sí, es vital que protejamos a los flamencos – insistió ella–. Son nuestro tesoro, el tesoro de nuestro mar. ¿Ha visitado ya los bañados donde desemboca el Río Dulce?

Él negó con la cabeza.

–Lléguese hasta los bañados. Allí podrá verlos en todo su esplendor. Bandadas majestuosas de cientos de flamencos volando al unísono, visitándonos una vez al año, después de volar distancias increíbles desde la cordillera de Los Andes.

Matías asintió distraído, considerando mentalmente cuándo sería apropiado preguntarle acerca del día anterior en la playa, pero lo desechó. No quería romper el hechizo de una charla tan seria para ella como inesperada para él. Ella se acomodó en la silla.

–Matías –dijo con suavidad pero con tono urgente. Él sintió que su corazón se aceleraba al escuchar su nombre en esa voz melódica–. El río está siendo mal manejado allá al norte, al pasar por Santiago del Estero, porque lo desvían hacia otras tierras, sin control. Estamos en una época de gran sequía y esas aguas son la vida de este mar.

Él asintió con la cabeza.

–Aunque llueva mucho a veces, –continuó ella– se acercan tiempos muy difíciles. Hay que hacer algo para que el mar no se convierta en una salina estéril, a la que las especies migratorias no podrán retornar, a la que los flamencos no volverán.

Estaba tensa, vibrando con una pasión de la que él no podía sustraerse y volvió inevitablemente a mirarla.

–No sé qué será de todos nosotros –continuó–, si el mar se convierte en una salina. Los pájaros migratorios no tendrán refugio. Las tormentas de sal sacudirán la zona hasta que sea inhabitable. Las lluvias escasearán y el mar morirá despacio. Tampoco tendrán dónde reposar los halcones peregrinos, que llegan todos los diciembres desde Alaska

Matías, conmovido, trató de explicarle que él estaba haciendo lo posible con este proyecto, pero que desde su posición no podía influenciar a nadie importante en forma directa. Ella negó con un gesto imperativo y le dijo con firmeza:

—Nunca se sabe a dónde puede llegar alguien con determinación y amor por lo que hace.

—Es verdad, nunca se sabe— aceptó él, sintiendo que lo único que le importaba era seguir mirándola. Hubiese querido que ese momento se prolongara para siempre, los dos así, ligados de una manera si bien incomprensible, para él avasalladora.

Los ojos verdes recuperaron la vivacidad y la chispa coqueta, como si estuviese leyendo sus pensamientos. El diálogo y la presencia de ella, todo tenía esa cualidad irreal que había notado desde el despertar en la playa. Con cortesía desvió la conversación hacia detalles de Miramar, tratando de saber más, pero fue poco lo que pudo averiguar. La invitó a cenar esa noche y ella aceptó con gesto complacido.

Se despidieron y la vio caminar hacia la escalera del hotel que subió con paso grácil y elegante, su oscura cabellera ondulante bajo las luces del salón. Notó otra vez que le temblaban las rodillas. Se había fijado que no usaba ningún anillo en los dedos. Solo un collar de piedras pequeñas y lustrosas, una artesanía local, sobre el discreto escote. Tal vez sea soltera, pensó esperanzado.

Matías subió a su cuarto, se dio un baño y llamó a sus compañeros para avisarles que esa noche iba a cenar con otra persona. Cuando bajó al comedor del hotel a la hora que habían acordado, ella no apareció. Esperó una media hora y, por fin, le preguntó al conserje de turno si es que había visto a la bella pasajera bajar de su habitación. El hombre lo miró con extrañeza.

–¿Cuál pasajera? No, no hay nadie hospedado aquí con ese nombre.

Disimulando su impaciencia, se fue al bar, donde el mismo empleado de la tarde estaba tras el mostrador.

–No, señor, no hemos visto a ninguna mujer como la que usted dice.

–No puede ser –insistió él–. Por favor, llame al mozo que me sirvió el café y le trajo agua a la señorita.

El mozo le aseguró que al llevarle el vaso Matías estaba solo, sentado frente a la ventana, y que la silla del otro lado de la mesa estaba vacía. Un temblor le corrió de pies a cabeza. Algo muy extraño estaba sucediendo. Turbado y sin encontrar explicación a lo que pasaba, se unió a la mesa de sus compañeros y cenó de mala gana algo liviano.

Esa noche apenas durmió a ratos y tuvo pesadillas. Se despertó con dolor de cabeza y ese día fue casi perdido, revisando notas mientras esperaban que amainara el viento. Matías apenas podía concentrarse en su trabajo, obsesionado con el extraño encuentro con Mampa. Por fin, al anochecer, la tormenta pasó y al día siguiente todo había vuelto a la normalidad. La playa estaba bañada por la sal que lentamente se mezclaría con la arena de la costa.

Montados en un gastado pero cómodo Land Rover y con un guía nativo locuaz al volante, se encaminaron hacia la desembocadura del Río Dulce. La belleza del paseo hasta los bañados los dejó sin aliento. Vieron bandadas de patos, cisnes, loros, garzas y algunos mamíferos chicos.

Matías preguntó al muchacho si conocía a una vieja familia de la zona, llamada Anzenuza. Después de pensar un poco, dijo que no, que no había ninguna familia con ese apellido. Aunque el nombre que le dieron a la laguna los Sanavirones antes de la llegada de los españoles era Mar de Anzenuza.

Para entonces el misterio de Mampa se había incrementado y Matías dudaba de su propia estabilidad mental.

El paseo incluía de regreso un almuerzo de sándwiches y sodas cerca del abandonado y supuestamente misterioso Hotel Viena. Almorzaron en mesas de camping a la sombra de inmensas palmeras, restos evidentes de una antigua y vasta parquización. El guía los llevó a recorrer los cuartos vacíos del edificio. Las ventanas todavía conservaban las persianas plegadizas originales y tenían balcones al mar. El guía explicó sucintamente:

—Esto fue un hotel de cinco estrellas construido en 1940 y abandonado sin ninguna explicación después de la segunda guerra mundial. Se dice que por las noches se han visto formas extrañas aparecer en los balcones, aunque fuera de hora el edificio permanece cerrado con llave.

Caminaron observando los cuartos vacíos y, en efecto, todo allí tenía un enigmático aire de abandono. Matías se separó del grupo y se asomó a una de las ventanas, para respirar la brisa, mirando la inmensa laguna con sus incesantes crestas blancas a unos cien metros, y la costa del otro lado, que apenas se divisaba.

—Estos son los predios de los Anzenuza —pensó, con un estremecimiento—. De Mampa Anzenuza, si es que en realidad ese es su nombre.

Aunque no estaba seguro, no podía saberlo, todo alrededor de ella había sido tan irreal. Volvió a asomarse y sintió el aire seco como una caricia en su frente afiebrada. Abajo, las piedras que llevaban a la costa estaban todavía salpicadas de sal. Una mujer caminaba descalza por la playa, la cabellera al viento y el cuerpo ondulante. Miró otra vez y reconoció a Mampa, con su paso flexible y las piernas que él había admirado tan de cerca en el hotel. Sin pensarlo levantó el brazo para saludarla y ella, como sabiendo que él estaba allí, cuando llegó a la altura del edificio se detuvo, miró hacia el balcón y le devolvió el saludo con la mano por un instante, para luego seguir su camino.

Matías quiso gritarle, pero comprendió que no podía escucharlo a tanta distancia. Salió del cuarto y bajó las escaleras saltando de dos en dos hasta la puerta que daba a la playa. Cuando llegó a la salida, bordeó el cartel plantado transversalmente que decía Gran Hotel Viena, Un Misterio Frente al Mar y corrió hacia las piedras que llevaban a la playa. No había nadie caminando por la playa. Solo los grupos de turistas reunidos con sus guías, bajo las palmeras. La costa se extendía totalmente desierta, lamida por las olas incesantes.

Matías se sentó sobre una de las piedras y se cubrió la cara con las manos. Tenía un hueco en el estómago y una sensación de soledad y frustración como nunca había sentido antes. Se le llenaron los ojos de lágrimas y respiró hondo, sorprendido de sí mismo y de lo que estaba experimentando.

Durante el resto de la semana y de alguna manera Matías consiguió terminar el trabajo con sus compañeros de equipo. Aunque guardaba la esperanza de verla, Mampa no apareció más.

De regreso en Rosario investigó sobre la laguna, su historia y tradiciones de la zona. Supo así que en el lenguaje sanavirón Mampa significa acequia, curso de agua dulce, lo que de alguna manera le pareció apropiado para la bella y misteriosa nativa.

Pasaron seis meses en los que su profesión lo absorbió totalmente y por su calidad, su trabajo fue recomendado para una comisión sobre las aguas dulces en las Naciones Unidas. Mientras tanto, el recuerdo de la experiencia vivida en Mar Chiquita lo acompañaba siempre, en la figura de la extraña mujer tallada en la estatuilla de madera, sobre su mesa de luz.

Un día, durante la visita a la casa de un profesor amigo que colecciona libros antiguos, cayó en sus manos un viejo volumen de tradiciones y mitos indígenas de Sud América. Hojeándolo casi al azar, la página se abrió directamente en una leyenda sobre el Mar de Anzenuza que llamó su atención. El corazón le dio un vuelco al leerla:

"Dice la historia que en una época el mar fue una laguna inmensa de agua dulce, habitada por una bella y deslumbrante diosa. Lo único que la hacía propicia con la gente de la zona era conseguir el primer amor incondicional de los varones. Se dice que un día llegó a sus playas un joven príncipe indio, tras una batalla. La diosa se enamoró de él, pero el joven estaba herido de muerte sin remedio. La diosa se sintió sacudida por un rayo cósmico. Enamorada por primera vez, comprendió que él iba a abandonarla y su lamento estremeció a los cielos. Las nubes lloraron con la diosa y el mar se convulsionó en un furioso caos. Al amanecer, el joven se despertó tendido en la arena, con las heridas cicatrizadas. Miró alrededor y vio que la naturaleza se había transformado. La playa ahora era blanca y las aguas turbias, saladas. Como en un sueño, le pareció haber visto a una bella mujer de ojos verdes y sonrisa cautivadora mientras él creía morir. Se sentía sano y lleno de energía. Una gran fuerza lo empujaba hacia las aguas y entró en ellas. Siguió nadando hasta que la caricia de un rayo rosado del amanecer lo fue transformando en el elegante flamenco, guardián eterno de la diosa del mar".

¡No, claro que no!

La enfermera del dispensario dejó el termómetro sobre la mesa. "No tenés fiebre". Lucía se puso en pie despacio. "Lo que tenés es un resfrío muy fuerte, tomá aspirinas y descansá. ¿Cómo sigue tu mamá?". Ella sonrió dudosa antes de contestar. "Y... le duele mucho el brazo, la herida no cicatrizó todavía". La otra suspiró y preguntó, casi afirmando y como quitándole importancia: "Tu mamá tiene cáncer, ¿no?". A Lucía se le erizó la piel, horrorizada. "No, no diga eso, mi madre está recuperándose de la operación...". La enfermera vaciló ante la duda que había abierto para esa mujer que la miraba con alarma y agregó casi con culpa: "¡Ah! perdoname, la debo haber confundido con otra paciente". Lucía se recuperó a medias. "Está bien –dijo forzando una sonrisa–, gracias por tomarme la temperatura".

Salió a la calle, todavía aturdida por el choque emocional de la palabra prohibida, irrevocable, y necesitó unos minutos para calmarse.

Emprendió el trayecto hasta la casa donde la esperaba la madre, sentada como siempre en su mecedora, escuchando la novela radial de la tarde y aguardando que el analgésico surtiese efecto por unas horas. Hasta que recomenzara el dolor punzante, feroz, para repetir el interminable círculo de sufrimiento: cambio de vendajes empapados, dolor que desgarra, calmantes y espera. Lucía entró, besó a la madre con ternura y fue a la cocina donde la hermana, de visita, ayudaba con la cena.

–Decime, ¿es cierto que mamá tiene cáncer?

–¡No! ¡Claro que no! –dijo alarmada.

Lucía suspiró con alivio.

–Ya sabía yo que no –dijo, sintiendo que todo recuperaba el orden a su alrededor.

El monstruo, negado, concedió otra de sus mezquinas treguas.

N. de la A: Este micro relato, junto con el titulado *Sin Respuesta,* fueron finalistas en el Concurso de Microrrelatos Cáncer de Mama, organizado por Talento Comunicación de España en 2015, y figuran en la Antología del mismo nombre.

Burbujas de jabón

–Tiene un precio excelente y está en muy buenas condiciones –dijo Fernando mientras detenía el auto frente a la casa.

Celia miró por la ventanilla el techo rojo tras el que asomaban algunos árboles y el terreno en declive hacia la calle, cubierto por un césped recién lavado por las lluvias. Era pequeña pero bonita. Salieron del auto.

–Otra vez, gracias por acompañarme.

–Para eso están los amigos, ¿no?

–Ojalá sea esta la que busco.

–Veamos adentro –dijo él, tomándola del brazo con simpatía.

La agente de la inmobiliaria se acercó a ellos sonriendo y extendió su mano en una bienvenida profesional.

Desde que Celia pisó la sala de amplios ventanales, algo en su interior le dijo que sí, que esa bien podía ser la casa. Su amigo le hizo un gesto interrogante a espaldas de la agente y Celia asintió sonriendo, pero agregó por lo bajo:

–No me quiero ilusionar. No te pierdas ningún detalle de la construcción, por favor.

Caminaron en silencio y a pesar de una voz interior que le decía que no se precipitara, a medida que Celia recorría los ambientes, la sensación de que por fin había encontrado lo que buscaba crecía dentro de ella. La casa era pequeña, cómoda, con paredes de tonos cálidos, al parecer tenía todo lo que se podía pedir por el precio y era tan invitante, tan...

–El sistema de aire acondicionado tiene solo dos años y eso es una ventaja muy grande –indicó la mujer.

Celia lo anotó como un plus, porque con los nervios de la firma de los papeles del divorcio y los calores de la menopausia no podía imaginarse una noche sin aire fresco circulando por su cuarto. Su cuarto, que no sería nunca más el dormitorio de ambos, de Carlos y de ella. Había pasado casi un año desde la separación y los recuerdos aún la herían. De inmediato se reprochó el traspié mental. Necesitaba aferrarse a esa vida nueva, aunque incierta, que se le había abierto como un abismo cuando él le confesó que se iba de casa porque estaba enamorado de aquella mocosa que bien podría ser su hija. Se recordó que esta era su vida desde aquel momento. Sola, entre buenos amigos, pero sola.

–Pasemos al baño –dijo la agente, mirándola con una sonrisa significativa–. Estoy segura de que el baño le va a gustar mucho.

Fernando revoleó los ojos burlones por detrás de ella y Celia tuvo que sofocar la risa.

Se detuvieron en la puerta. El baño era espectacular. Grande, con ducha separada, un *vanity* largo, luminoso, con una ventana desde la que se divisaba una planta de hibiscos rojos en el patio de atrás. Celia miraba con los ojos muy abiertos. La mujer sabía de lo que hablaba. Y bajo la ventana estaba emplazada, magnífica, la atracción central del cuarto: una bañera muy antigua, de hierro forjado, enlozada en color crema brillante. Bellísima. Celia contuvo el aliento y al mirar a Fernando comprendió que él también estaba impresionado.

–Esto es una yapa, sin duda –murmuró él, acercándose–, aunque es vieja.

–Pero en excelente estado –se apresuró a decir la mujer, mirando de reojo a Celia y midiendo la impresión que le había causado–: Increíble para los años que debe de tener. Es muy elegante, ¿no?, con esas patas tan bonitas, una obra de arte. Es seguro que la compraron a un anticuario y pagaron muy buen precio.

Había sido tal como les anticipó la agente inmobiliaria. Celia contra ofertó, se lo aceptaron y al cabo de dos meses de vertiginosa actividad fuera de las horas de trabajo consiguió mudarse. Redujo sus pertenencias y el mobiliario y con la ayuda de un par de amigos en un fin de semana estaba instalada. El primer domicilio auténticamente suyo.

Atareada con el trabajo en la oficina y la decoración, pasó el tiempo sin que Celia tomara el largo baño reparador que se prometiera antes de la mudanza. El frasco de burbujas jabonosas y las velas perfumadas de lavanda que iba a encender cuando disfrutara de la inmersión estaban todavía envueltos, tal como cuando los compró. No tenía energía para dedicarse a sí misma. Aún le dolía la traición de Carlos y se reprochaba no haberla visto venir, confiar en que todo estaba bien. No debió casarse con él sabiendo que era un donjuán.

Las noches transcurrían frescas, cómodas, pero insomnes. Los recuerdos volvían en tropel apenas cerraba el libro y apagaba la luz. Por la mañana despertaba antes de que sonara la alarma y al mirarse en el espejo encontraba la imagen de una Celia ojerosa y triste. Aburrida.

–Tienes que hacer terapia –le habían dicho sus amigas, que sabían leer sus pensamientos–. No has podido superar sola lo que te hizo Carlos. Necesitas ayuda profesional.

Al principio le llevaron libros y artículos de revistas con buenos consejos para salir de la apatía y ella durante mucho tiempo puso la mejor buena voluntad. Hasta empezó, sin entusiasmo, una terapia semanal con una psicóloga que le recomendaron.

La bañera seguía allí, tentadora, pero por una razón u otra Celia nunca se decidía a invertir el tiempo necesario para el largo baño de inmersión prometido. Tal vez porque le traía recuerdos, algo que había descubierto mientras hablaba con la terapeuta, aunque no se lo había mencionado a ella. Lo había comprendido durante una sesión, evocando la luna de miel, casi diez años atrás, cuando ella y Carlos habían retozado juntos en una bañera en aquel romántico y centenario hotel de Montreal. Hasta hubiese dicho que era una bañera muy similar a la que la esperaba, paciente, en casa.

"Qué curioso, una entierra las memorias y de golpe te aparecen por sorpresa, como antiguos asaltantes de caminos", pensó.

En forma inesperada, varios meses después de la mudanza, recibió un email de Marta, una compañera de la secundaria con la que se había reconectado hacía unos meses por Facebook.

Después de una serie de comentarios sobre temas variados, decía: "¿Te acordás de Guillermo Linares? Me encontré con él ayer. No sabía que vos también te separaste. Dice que se divorció hace mucho tiempo y vive metido en los libros. Comentó como al pasar que te ubicó en Facebook. Creo que no se anima a contactarte, porque estaba muy interesado en averiguar sobre tu vida. Se lo ve muy bien y no iba acompañado". El mensaje terminaba con un par de líneas sobre cosas de poca importancia.

Celia releyó el email para estar segura de que había entendido bien lo que significaba.

Cómo no se iba a acordar de Guillermo. Su primer amor, el noviecito de la secundaria, al que ella abandonó al comenzar la universidad, cuando conoció a Franco, un italiano treintañero que la había vuelto loca por unos meses hasta que regresó a Milán dejándola plantada y sin Guillermo. Después pasaron algunos años, durante los cuales salió con varios muchachos que no significaron nada. Nada como Guillermo, pelo castaño claro, labios sensuales, al que todas las chicas buscaban y al que ella había dejado por un capricho exótico y pasajero. Hasta que conoció a Carlos. Habían pasado tantos años.

En un impulso abrió su cuenta de Facebook y en la parte superior izquierda vaciló un instante frente a la palabra *búsqueda* antes de escribir cuidadosamente *Guillermo Linares*. Entonces, como por arte de magia, ahí apareció su fotografía. Celia se concentró en la imagen por unos minutos, recorriendo esas facciones familiares que ahora, con los años, habían cambiado beneficiándolo con un aire de madurez que, pensó con inesperado deleite, le quedaba muy, pero muy bien. Revisó la página y encontró fotos y comentarios de gente desconocida, pero no se detuvo en mayores detalles. "No se anima a contactarte", había escrito Marta. Sin pensarlo más, le envió un pedido de amistad y se apoyó en el respaldo de la silla, con un suspiro. Ya estaba hecho, no podría volverse atrás aunque quisiera. Regresó al mensaje de Marta y lo releyó prestando atención a cada palabra.

Cuando cerró el correo necesitó un vaso de vino. Tenía media botella de torrontés en la heladera y eligió una copa grande. Mientras se hacía una ensalada para cenar la imagen de Guillermo retornó vívidamente. ¿Lo había olvidado? Casi. ¿Cuánto tiempo hacía que no pensaba en esa época de su vida? Mucho.

Era viernes, temprano y no tenía sueño. Puso una película, pero no le prestó atención, perdida en sus pensamientos durante la cena. Qué casualidad, la última vez que vio a Guillermo fue en el lugar más insólito, en el restaurante de aquel hotel de Montreal. Él estaba cenando con un grupo de colegas de un congreso de tecnología, cruzaron un par de palabras y ella le presentó a Carlos, su flamante marido. Recordó que esa noche se había despedido sintiendo pena por él, por la forma triste en que la miraba. Ella iba colgada del brazo de Carlos, totalmente borracha de felicidad y planes para el futuro. Guillermo era soltero y estaba con colegas y sus parejas. Así que él también se casó y terminó en divorcio...

Apagó el televisor, puso un CD de Chopin y se encaminó al baño. Sin cerrar la puerta, buscó las velas y las burbujas y se preparó meticulosamente para el baño de inmersión que había pospuesto por tanto tiempo. Mientras el agua tibia llenaba la cuenca esmaltada y reluciente, se demoró ante el espejo antiguo, que hacía juego con la bañera y que daba al ambiente un sutil y elegante aire del mil ochocientos. "Como el de aquel hotel de Montreal", se dijo.

Dejó caer su bata y en forma coqueta soltó el rodete profesional. El pelo castaño, lacio, bajó por sus hombros enmarcando la cara. Se miró largo rato desnuda, satisfecha de su esbelto cuerpo, a pesar de las casi cinco décadas, mientras formaba un rulo flojo con la larga melena, fijándolo muy alto con un broche.

"Este peinado va perfecto con la decoración del baño", notó, con una sonrisa. Volcó el líquido rosado en el chorro de agua y las burbujas comenzaron a formarse, inmensas, livianas, coloridas, hasta que cubrieron la superficie. Apagó la luz y el titilar de las velas emitió un reflejo ámbar. Por fin cerró el grifo y se metió en la bañera, deslizándose hasta apoyar la cabeza en el borde. Extendió su mano y levantó la copa.

Se sentía muy cómoda y una paz maravillosa la invadió. Sorbió un poco del vino, prestó atención a la música que llegaba desde el *living* y se dispuso al disfrute sensual del piano y de un baño tan esperado. Y del recuerdo de Guillermo; de la imagen de su cuerpo joven, desnudo sobre la cama de su cuarto de soltero, donde ellos entraban en puntas de pie, furtivos, por la puerta trasera de la casa. Y de aquella noche, cuando con la luz de la luna iluminando las piernas entrelazadas de ambos después de hacer el amor, él le había asegurado: "desde hoy, cada vez que veas un rayo de luna entrar así por una ventana, te vas a acordar de mí".

Allá arriba, detrás del oscuro hibisco, la luna brillaba plateada y lejana. Un rayo que se colaba entre las ramas reflejaba múltiples puntitos de colores sobre las burbujas de jabón que cubrían sus rodillas asomando del agua.

Entonces cerró los ojos y supo por qué la bañera la había elegido a ella.

Agnese

La aguja de bordar se clava otra vez en la superficie tensa del lino sujeto al bastidor. Agnese da un tirón distraído al brillante hilo rojo que luego de muchas subidas y bajadas rellenará los pétalos de la rosa que su hermana Ángela le ha dibujado a lápiz sobre la tela. Quiere acercase a la ventana, pero ya lo ha hecho varias veces esa tarde y no tiene más excusas para espiar otra vez tras el *voile* hacia la calle vacía y abochornada bajo el implacable sol de enero.

Y, sin embargo, él está allí, enfrente, esperando apostado en la ventana de su taller. Los intensos ojos oscuros que la devoraron en la misa de diez durante tantos domingos, buscando ansioso otro cruce de miradas furtivas, de sonrisas culpables, de corazones galopando acelerados bajo las húmedas camisas, el incipiente pecho de ella ceñido bajo el tieso corpiño de ballenitas y el alto escote de encaje, sofocante.

"Maurizio... Maurizio", susurra.

¿Cómo será su voz? ¿Qué inflexiones tendrá llamándola *Agnese* con acento de Génova? ¿Hablarán cara a cara alguna vez? Se imagina frente a él, temblando y sin nada qué decir. Pensar en Maurizio le quita la respiración, le hace sentir cosas nuevas, estremecimientos deliciosos e inesperados que por puro instinto ella no menciona a nadie. Ni a sus hermanas. ¿Qué diría Ángela, si supiera? Con un gesto rechaza la idea. Ángela es distante. Berta la hubiera comprendido, pero ahora está muy ocupada con su vida de señora y desde la boda, sin explicación, ha dejado de confiarse en Agnese, aunque sus ojos delataban algo que nadie parece haber notado, un brillo cómplice, un resplandor que le recuerda al gesto de su hermana en los cumpleaños o en las Navidades cuando abrían los regalos. Algo debe pasar en la noche de bodas, si tan solo ella pudiera averiguar qué es.

A Berta se la ve feliz y se lo ha ganado. Ojalá ella hubiera nacido con esa fuerza de carácter para desafiar al padre. Cuando se opusieron a su noviazgo, su hermana se declaró enferma y cayó en cama sin comer por más de una semana. Tomó solo agua hasta que el doctor de la familia dijo que si no le permitían casarse con él, la niña podría llegar a morirse de tristeza y debilidad. Y Tata dijo sí, como siempre que su hermana se encaprichaba con algo. Mamma rezongó, mencionó una y otra vez la mala fama de libertino del pretendiente, pero no pudo con la presión que ejercieron de mutuo acuerdo la familia de él y su hija. Ahora su hermana resplandece, vive en su propia casa y Agnese ha perdido su única confidente y ganado un hermano político que le guiña el ojo a espaldas de su mujer y se le acerca desenfadado al hablar cuando están a solas, haciéndola sentir vagamente incómoda.

La rosa en el bastidor se va cubriendo de puntadas parejas, desinteresadas, mientras ella cuenta los minutos para volver a acercase a la ventana. Mamma se abanica lentamente mientras lee una página del periódico *Vocce d'Italia* que Tata ha dejado en la sala. Ángela escribe en su diario íntimo y el pequeño Armando duerme plácidamente en el sofá, abrazado a Caruso, quien ronronea indolente.

La limonada en la jarra sobre la mesa ha perdido la frescura que el agua tuvo cuando la sacaron del cántaro que descansa a la sombra en la galería de atrás. Es una siesta como tantas, interminable, con ese calor húmedo que sube desde el río Paraná y cubre a la ciudad de Rosario como un manto pesado y sofocante. El *voile* de la ventana se mueve apenas, mecido por el escaso aire que corre por la casa de puertas abiertas de par en par.

El reloj cucú marca los minutos y Agnese equivoca las puntadas esperando otro cuarto de hora para acercase a la ventana, cuando el maravilloso e inesperado sonido del organillo acercándose por la calle la hace saltar de la silla. Caruso da un respingo y baja del sofá, atento.

–¡Mamma, el organillero! ¿Le hago señas para que pare enfrente? –Agnese ya está apretando con mano trémula el *voile* y mirando hacia la ventana de enfrente, arrebolada, latiéndole el corazón de dicha, porque él está allí, esperándola, y le hace un gesto con la cabeza y a la distancia ella siente los ojos quemándola entera.

–Y sí, pedile que nos toque un valsecito –responde sonriendo la madre.

–*Pañuelito Blanco* –dice Ángela sin levantar la cabeza, apurándose a terminar el párrafo para asomarse a la ventana también–, que toque *Pañuelito Blanco*.

Pero Agnese no la escucha, concentrada en los ojos negros que le producen vértigo, dicha, risa y lágrimas, todo a la vez.

A la noche Tata intercambia miradas furtivas y comentarios sueltos con Mamma durante la cena, pero como los hijos no hablan en la mesa si no se les pregunta algo, nadie rompe el silencio. Agnese tiene la impresión de que Ángela sabe de qué se trata. Doménico y Carlos, los hermanos mayores, le hacen gestos interrogantes que a los que ella no puede responder en voz alta.

Mamma le hace una señal a Caterina, quien ceremoniosa retira los platos de postre. Es la hora en que Tata prende su cigarro, de modo que los muchachos se levantan de la mesa y Agnese se prepara a seguirlos.

–Tenemos que hablar con vos, Añé –le dice Tata con ese vozarrón que siempre le infunde un vago temor. Mamma le hace un gesto amable, tranquilizándola. Ángela y los otros se marchan sonriendo misteriosamente.

Carmelo se acomoda en la silla. Con parsimonia abre la caja de los puros y comienza el ceremonial nocturno, entreteniéndose un poco más que de costumbre en cortar el cigarro, buscando las palabras hasta que por fin lo enciende, carraspea y mira a su hija de frente.

–Mañana viene de visita doña Giovanna. Me habló hoy en el negocio.

La piel de Agnese se eriza de golpe. ¿Por qué le habla de doña Giovanna? Doña Giovanna, la casamentera, la mujer que intercede de palabra cuando un buen muchacho italiano está enamorado y quiere casarse. ¿Maurizio? No, no es posible, está soñando, Tata nunca aceptaría que le hablaran de él. Ella sabe que las miradas furtivas en la misa y desde la ventana son un pecado, porque Maurizio nunca podrá hablarla. Y no por ser sastre, una profesión honorable ante los ojos del padre, sino porque es el hijo de una mujer soltera, una pecadora que se ha atrevido a tener "un hijo del destino", que ha desafiado a todo el mundo viviendo sola y criando a Maurizio con la frente alta, una mujer de lo peor, la hija de una buena familia que dio un mal paso. Agnese ha escuchado esa historia desde niña y no se engaña ni por un momento. La vieja Giovanna viene a interceder por otro, seguramente. Siente un nudo en la garganta, tiene miedo de las lágrimas y respira hondo, aunque tarde. Su madre le palmea la mano con ternura y sonríe, pero ese gesto no la tranquiliza en absoluto. Mamma y Tata actúan al unísono y casi siempre tienen la misma opinión.

–Doña Giovanna es de toda confianza, hijita, estoy segura de que tiene un buen candidato para vos.

–Mamma, no quiero, no quiero casarme –por fin los ojos azules acuosos se deshacen en lágrimas.

–Ya tenés dieciséis años, Agnese, ¿Qué es eso? – Tata retrocede en la silla, molesto. El dialecto calabrés en el que hablan en casa adquiere ese ritmo rápido y fuertemente acentuado que vaticina tormenta–. Ya no sos más una niñita, sos una mujer.

–Ángela se casa en tres meses –intercede Mamma– y después será tu turno. Parece que es un muchacho bueno. Aversa se llama, Carmelo Aversa. Hace poco que vino de Italia y ya tiene coche y caballo, y abrió un puesto de carnicería en un mercado de Córdoba.

La angustia la ahoga. ¿Córdoba? ¿Tan lejos? En Córdoba hay indios todavía. Es una pesadilla, no puede estar sucediéndole a ella. Por fin junta energías para hablar, temblorosa:

–Tata, Mamma, por favor, no. Tata usted echó a los gitanos cuando vinieron tantas veces al negocio a comprarme, cuando el gitanito ese se encaprichó conmigo. ¿Se acuerda? Dígale a doña Giovanna que no quiere que me case todavía. Que soy muy joven. Tata, ¡Por favor!

Él sonríe, recordando con simpatía al empecinado jefe de la tribu de gitanos que hace un par de años insistió en comprar a Agnese para que se casara con su hijo, enamorado de ella sin esperanzas. El gitanito tenía buen gusto, apuntando a la más bonita de sus hijas. Buena gente y astutos, esos gitanos, si uno sabía negociar con ellos, pero no tan buenos como para pertenecer a la familia, por supuesto. Nómadas y poco higiénicos en sus costumbres, vivían moviéndose de un lado a otro, como los indios de las pampas y hablaban con un idioma gutural. Se parecían mucho a los gitanos que él conoció en Calabria.

Vuelve su atención a Agnese, quien todavía lo mira implorante.

–Nada. Ya está resuelto –Las palabras en dialecto salen aún más rápidas y fastidiadas–. Si el muchacho es bueno, vamos a pensarlo seriamente. Y portate bien, parecés una nena, llorando. Tendrías que estar contenta. Empezá a preparar el ajuar. No quiero escuchar más quejas.

Con un gesto imperioso les indica que deben retirarse. Mamma se levanta de la silla al instante, haciéndole una seña a su hija, quien todavía mira a su padre con desesperación aunque no se anima a desafiar su orden. Ambas salen del comedor, cerrando la puerta cuidadosamente.

Doña Giovanna llega de visita dos días después con el candidato. Pasan a la sala. Se sirven refrescos y masitas caseras y Agnese, con el pecho oprimido de angustia y miedo, espía al desconocido por el agujero de la llave del comedor, tratando de escuchar la conversación. Suenan risas amables y Catarina, llevando unas copas con licor en una bandejita, le cuchichea al pasar que el muchacho no es tan mal parecido, si bien es mayor que ella, por lo menos diez años. Habla poco, eso sí, y no parece saber mucho castellano. No es que tenga importancia, porque en la casa no se habla más que el dialecto calabrés y el italiano de Roma cuando están frente a compatriotas de otras provincias.

–Es honesto y ambicioso –dictamina el padre– y viene de Cosenza. Se llama Aversa, de buena familia. Los Aversa tienen terrenos allá y crían cabras y ovejas.

Y da la conversación por terminada.

Una vez decidida la fecha de la boda, el tímido pretendiente comienza a visitarla en la sala. Los dos hijos menores están siempre a mano, por si Mamma tiene que ausentarse a otro cuarto. Agnese apenas mira a su prometido mientras borda el ajuar en el bastidor. Su corazón y sus pensamientos están puestos en Maurizio y en el amor imposible que ahora está obligada a ahogar para siempre. Es para su bien, como le dicen una y otra vez Ángela y Berta. Claro, para ellas es fácil, enamoradas y felices como están. Pero no le hablan de la noche de bodas, ni ella se atreve a preguntar.

A pesar de sus ocultos terrores el lunes 14 de octubre de 1907, fecha del casamiento por civil, llega inexorable. El sábado siguiente, 19, se realizará la boda cristiana y la fiesta de esponsales. La novia tiene listo su ajuar gracias a la celosa supervisión de Mamma y a la contribución de las hermanas, quienes revolotean entusiasmadas ante la nueva boda, que es una gran oportunidad para llenar la casa de luces, música y amigos.

La ceremonia civil se lleva a cabo una mañana soleada y primaveral. Tata ha dejado a cargo a sus hombres de confianza en el corralón y, como hiciera para las bodas de sus hijas mayores, ha organizado un copioso almuerzo en el gran patio de la casa.

Como en un sueño, Agnese responde afirmativamente a la pregunta del Juez de Paz. Luego, con mano temblorosa, firma su nombre en el inmenso libro después de los testigos, amigos del novio y de Tata. Cuando le llega el turno al padre este autoriza al marido de Berta a firmar en su nombre, ya que a pesar de lo exitoso que ha sido y es en los negocios, nunca ha querido aprender a leer y escribir.

Los días que siguen pasan veloces para ella. Hay gran algarabía en los preparativos de la fiesta. Está rodeada de hermanos y familiares que colaboran para que el sábado todo esté a punto y se sigue la rutina de los casamientos anteriores. Se siente como una extraña, involuntaria protagonista de un acontecimiento que a todos les hace felices, pero que a ella la llena de temor y angustia. Por las noches pide té de valeriana, que le ayuda a conciliar el sueño.

El día del casamiento por la Iglesia Agnese sale de la casa natal con su traje de brocado negro brillante, a la moda de Calabria, y el pelo castaño claro recogido en dos flojas ondas alrededor de la cara, atado atrás en un rodete alto. La palidez de las mejillas está oculta bajo un poco de carmín que Berta le ha desparramado, experta, con un trozo de algodón y golpecitos suaves bajo los pómulos. Los vecinos se reúnen en la vereda, frente a la puerta cancel, como es costumbre para saludar y admirar a la novia. Ella se prepara para mirar por última vez a Maurizio. Está segura de que lo verá allí.

Camina lentamente del brazo de Tata hacia el coche descapotado que la espera. Sube y después de acomodar vestido, miriñaque y enaguas, busca con sus ojos la casa de enfrente. Ahí está él, asomado. Tiene la ventana abierta de par en par y está clavado, mirándola, desafiante, los brazos abiertos, las manos apoyadas en los marcos. La opresión que Agnese tiene en el pecho se le hace casi insoportable. Desde la primera visita de Carmelo a la sala, ella cesó los furtivos intercambios silenciosos en la ventana. Ahora los fieros ojos negros, interrogantes y los celestes húmedos y sumisos se cruzan por última vez.

Un par de segundos antes de volver su mirada hacia los vecinos que la saludan con afectuosos "¡Viva la novia!", Agnese nota que las angulosas mejillas de Maurizio brillan con las lágrimas que desde hoy en adelante ella ya no podrá verter por él.

N. de la A: *Agnese* es un fragmento de Los Italianos, una de las tres partes en las que se divide el volumen *Del Mediterráneo al Plata*, que narra la historia de la inmigración de sus antepasados italianos y españoles a la Argentina.

Noche de luna
en el Pacífico

Después de cabecear uno de los tantos sueños cortos de este viaje en los estrechos e incómodos asientos, Luciana y yo nos levantamos para ir al baño. Los diminutos cuartitos en el pasillo del avión estaban ocupados y nos paramos en línea frente a ellos, tratando de no obstaculizar el paso de las azafatas, con un suspiro resignado.

–¿Qué son esos puntos blancos allá abajo, Pablo? –preguntó, inclinada sobre el vidrio de la ventana del pasillo, la mirada suspendida entre las pocas nubes que se divisaban.

–Son las olas del Pacífico –dije, distraído–. No veo la hora de aterrizar, ¿cuánto faltará para Papeete?

–Y... debe faltar un rato, calculo yo. Preguntale a la azafata... –dijo, atenta a las olas y la brumosa y grisácea línea donde el cielo y el Pacífico se fundían–. ¡Qué día tan raro! Aunque me gusta esto de tener un atardecer tan largo, es como surreal. Pensándolo bien, desde que dejamos Lima las cosas no son normales, ¿no? Este avión en el medio de la nada... el zumbido del motor... esta tarde que no termina nunca y el sol colgado por horas justo arriba del horizonte sin decidirse a bajar... ¿Y si la Polinesia Francesa no aparece nunca en el océano? Es casi como si hubiésemos pasado a otro lado, a otra dimensión...

–Dejate de tonteras, qué vamos a haber pasado a otra dimensión –contesté yo, molesto, porque cuando ella se pone a divagar en voz alta las fantasías crecen y crecen y si yo no la paro, se da una máquina terrible y terminamos todos sugestionados. Más de una vez me llevó de la nariz con sus tejidos imaginarios, pero ahora ya estoy tomándole la mano y la freno antes de que me envuelva. Lo que falta es que me meta en la cabeza que la Polinesia se perdió en el espacio.

–Qué prosaico sos –dijo fastidiada–. Era un decir...

Hicimos silencio por unos segundos y ella volvió a la carga:

–¿No te fijaste cómo cambió Sandra desde que subimos al avión? La noto rara, como enojada... no nos habla,.

–Está nerviosa porque deja todo para ir a casarse del otro lado del planeta con un tipo que apenas conoce... pero Kruno es un buen tipo, va a salir todo bien –cerré, siempre conciliador, si bien yo no tenía idea de cómo sería el Kruno actual, después de su fogueo en Vietnam.

–No sé, esta chica está rara, o tiene miedo o algo la cambió... –se empecinó ella.

–Ahí se desocupa uno, entrá vos primero –dije, aliviado porque la puertita del diminuto baño se abría. También porque cortaba esa absurda conversación, fruto del cansancio y de las largas horas apretados en ese incómodo avión de Air France, que para vuelos cortos puede haber estado bien, pero para cruzar el charco entre las playas de Perú y Tahití era claustrofóbico.

Horas después, con la pesada mochila aún en la espalda, estábamos parados en fila frente al mostrador del aeropuerto de Papeete. Apenas bajamos a respirar el aire húmedo y caluroso de la isla, ya se había hecho de noche, por fin. Los tahitianos llamaban la atención de los pasajeros con su extraña vestimenta, camisa blanca formal con corbata, falda recta a media pierna, estampada con grandes flores de colores, zapatos negros y medias tres cuarto. En cambio, nosotros, argentinos y uruguayos del grupo de inmigrantes *charteado* por la embajada australiana aquel noviembre de 1974, vestíamos clásicos *blue-jeans* y camisas discretas y neutras.

Componíamos una cansada delegación de ojerosos y pálidos trashumantes, desesperados por tendernos horizontalmente en una cama. Los bolsos, mochilas y paquetes que arrastrábamos con nosotros, para aliviar el sobrepeso del equipaje despachado al partir, sumaba su cuota de sufrimiento a lo que ya cargábamos en el alma por haber dejado todo atrás.

–*Who speaks English here*?

La voz autoritaria de un tahitiano de piel morena lustrosa y ojos orientales nos sobresaltó a todos. Una muchacha simpática, llamada Jenny, perteneciente al grupo de los uruguayos y que viajaba con su flamante marido, se adelantó. Luciana la siguió casi sin pensarlo, por supuesto. Las dos negociaron en inglés con el tahitiano. Los demás nos mirábamos, expectantes. Por fin, las chicas volvieron.

–En un rato nos llevarán a todos al hotel, donde vamos a pasar la noche –dijo Luciana a todo el grupo, ya en el papel de comandante general. A ella le cambia el tono y el volumen de la voz cuando se pone en función de mando–. Mañana después del desayuno partimos en un *jumbo* de Air New Zealand para Auckland y de ahí subimos a un avión de Quantas para Sydney. Los australianos lo tienen todo bien organizado.

Se nos abrieron los ojos con admiración. Ninguno del grupo había subido a un *jumbo jet* todavía, esos aviones inmensos y nuevos. Y algunos a ningún avión antes de este viaje, me imaginé.

Nos trasladaron al hotel en un cómodo ómnibus con el lujo del aire acondicionado. La luna brillaba y se veían las palmeras bajo las increíbles estrellas colgadas del cielo negro. Nuestro hospedaje resultó un folleto turístico hecho realidad, iluminado por lámparas de aceite, llamaradas amarillo-naranja que ondulaban en la brisa. Cada cabaña tenía un caminito de piedra y la playa se divisaba más allá. Teníamos que pisar con cuidado para no aplastar los miles de caracoles que se paseaban orondos por doquier.

Nos indicaron nuestra cabaña, una choza como las demás; techo de paja y paredes de bambú o madera. A mí se me fue el cansancio instantáneamente. Pensaba sacar ventaja de esa corta visita en el paraíso y después del romance descansaríamos.

–¡Cómo! ¿No vamos a estar los tres en la misma cabaña? –la voz de nuestra malhumorada compañera de viaje me hizo saltar. Sandra no había abierto la boca desde que salimos de Lima.

La miré intrigado. ¿Qué quería decir con eso? El guía tahitiano la había ubicado en la cabaña de una mujer mayor, uruguaya, que viajaba con una parejita joven. Como a una nena caprichosa, los ojos se le llenaron de lágrimas. Luciana y yo nos mirábamos alarmados. El tahitiano insistió y se la llevó con el grupo. Nosotros respiramos con alivio.

–Nos vemos para la cena –dije yo, esquivo. Luciana le palmeó el hombro, simpatizando con ella, pero no dijo nada. Seguramente estaba ofendida por el inexplicable y hostil silencio de tantas horas. A Luciana le dolía que le hicieran desplantes. Y, francamente, Sandra ya me había cansado a mí también.

Hubo tiempo para una rápida ducha caliente antes de reunirnos todos en el comedor. En media hora el grupo de gruñones ojerosos se había renovado y con ropas más livianas y un trago todos estábamos de muy buen humor. Menos Sandra, claro, que nos fulminaba con su mirada de reproche dolorido. Luciana y yo tratábamos de ignorarla. Después de todo, estábamos en el paraíso y queríamos hacer un paseíto con los otros por la playa, antes de zambullirnos en las frescas sábanas blancas de nuestro coqueto dormitorio tropical.

Yo barajaba en mi cabeza qué bebidas iba a pedir que nos trajeran para disfrutar lentamente... en fin, iba a ser una noche especial, como tantas veces lo había imaginado mirando folletos turísticos del Pacífico, allá en mi departamentito de Buenos Aires.

Media hora más tarde yo estaba tendido sobre la cama, reclinado sobre las altas almohadas, fumando y a punto de llamar por los tragos, mientras las guitarras hawaianas sonaban sensuales desde el parlante insertado en la pared, al lado de la mesa de luz. Justo como en mis sueños.

Luciana terminaba de hacerme un tentador desfile de modelos de la nueva bikini que iba a estrenar apenas llegáramos a Melbourne, cuando escuché los rápidos, ansiosos golpes en la puerta. Salté de la cama mientras ella se echaba, apurada, una camisa mía sobre los hombros. Al abrir la puerta me encontré con la cara de Sandra, empapada en lágrimas. Me hice a un lado para dejarla pasar, maldiciendo mi mala suerte.

Después de llorar por lo que me pareció una eternidad amenazando con suicidarse, Sandra se quedó dormida en el sillón frente a nuestra cama. Luciana y yo nos miramos llenos de frustración. Pronto iba a ser la hora de partir para el aeropuerto. Las sábanas seguían blancas e inmaculadas y los dos tragos sin pedir al servicio del hotel.

Nos pusimos de pie en silencio y empezamos a guardar la ropa suelta en el bolso, sofocando oscuros impulsos criminales contra la angélica cara de nuestra amiga, que dormía plácidamente, enroscada en el sofá.

–Viste –dijo Luciana, ahora triunfante–, yo te dije. Algo raro está pasando en este viaje y este lugar no es normal. Y vos que nunca me creés cuando tengo un pálpito.

Nos miramos a través de los bolsos abiertos en la cama. Estábamos de nuevo ojerosos, molidos de cansancio y dábamos lástima. Se ve que los dos pensamos lo mismo del otro, porque nos largamos a reír al unísono.

Sandra murmuró algo, se dio vuelta y siguió durmiendo.

Sex appeal

Ignacio me dijo que no abriera los ojos. Yo extendí una mano a ciegas y me aferré a la pesada cortina que él había corrido con una pícara sonrisa. El lugar olía a una mezcla de incienso y pintura fresca.

–Y no te muevas –agregó con su voz de coral gregoriano, dejándome sola en la penumbra, a la entrada del salón. Seguro que esta es otra de sus puestas en escena para impresionarme, pensé, como la Ferrari de padre, o aquel cóctel lleno de luminarias de la tele en el club de regatas, al que me llevó el sábado pasado.

A mí no me engañaban sus intentos por hacerme olvidar el anónimo rostro de monaguillo que le había tocado en suerte. Intentos llenos de billetes y acceso a lugares exóticos. Para él yo era una cenicienta, bonita, escultural y llamativa pero muy pobre, que miraba a su mundo con la nariz pegada en el vidrio. Él se lucía conmigo en todas partes, regodeándose en el papel de príncipe; si bien un príncipe todavía en la laguna, antes del beso y la transformación, digamos.

Abrí los ojos y solté la cortina. Llegaron algunos ecos desde la catedralicia semioscuridad de la discoteca vacía, y de pronto, con una explosión de luz y sonido ensordecedor, la bóveda del salón se reveló. Di un paso atrás, sobresaltada. Era más que una discoteca común.

Era inmensa y muy moderna, con todos los equipos electrónicos funcionando de golpe, para mí.

Ignacio avanzaba riendo como un niño travieso, con su cara de querubín a medio dibujar. Traía la mano extendida y me miraba, invitándome. Él sabía envolverme y yo me olvidaba de sus dientes desparejos y su regordeta figura.

Con gesto seguro me guiaba en los giros del *rock*, moviéndose con inesperada gracia. Después vino un bolero, de esos que se bailan mejilla a mejilla, aunque con nosotros su mejilla se ubicaba cerca de mi hombro.

–Mi viejo se va a Europa mañana –murmuró– y voy a tener la Ferrari para mí por varios días.

Me estremecí con deleite y él lo notó. La envidia que les voy a dar a las chicas, pensé. A esas mojigatas.

–Podemos ir a donde quieras... –agregó. Yo me apreté contra él, los ojos cerrados, imaginando el perfume a cuero fino de los mullidos asientos del auto, la navegación a satélite, la música digital y las sonrisas forzadas de las envidiosas de siempre. Él presionó mi cintura un poco más, como si supiera.

–¿Puedo invitar a mis amigos a la inauguración de la discoteca? –pregunté, regodeándome.

–Claro que sí, muñeca, a todos. Y si por fin venís esta noche a mi departamento, podés elegir otro regalo. El que quieras –y empinándose en puntas de pie, me dio un beso casto y mentolado, sin exigencias, en los labios.

–Me gusta aquel Dior rojo, el del gran escote que vimos hoy en la vidriera de Fendi –dije y, con gesto decidido, me incliné sobre su rostro de príncipe cautivo de un malevolente hechizo y le murmuré– así que vamos nomás a buscarlo.

A él le brillaron los ojos con la promesa implícita y la perspectiva de esa noche.

Tía Lusa

La voz de mi hermana se quebró otra vez en un sollozo, y yo, que siempre hablo por las dos, esa vez hice silencio. Un silencio culpable, por no poder estar allí, a su lado, compartiendo físicamente el dolor de despedir a otro miembro de la familia. "Igual que pasó con mamá y papá", pensé, "qué cosa, tantos años atrás. Ahora la historia se repite".

–Lusa ya no me conoce –dijo ella–. Se cree que soy la abuela, le habla a la madre con más bronca que nunca, le habla de cosas que yo ni sé, a veces parece una nena gritándole reproches...

–Tranquilizate, tomátelo con calma, no podés hacer nada, acordate de que tiene Alzhéimer. Pobre, las conexiones del cerebro están apagadas.

Ella lloró un rato y yo esperé de este lado de la línea, tantos kilómetros al norte, que se calmara otra vez. Cuando se desahogó y sentí que ya estaba tranquila, nos despedimos.

Me sequé las lágrimas de frustración y culpa y me fui a preparar algo para la cena. Mientras cocinaba mis pensamientos se fueron lejos, revoloteando varias décadas atrás, allá en la casa de mis padres.

Después de que la abuela Inés murió, mi tía Lucía, Lusa para la familia, quedó sola y mamá la invitó a vivir con nosotros. Papá no objetó, aunque yo supe que nunca le gustó mucho la idea, porque un día lo escuché decir: "Es una mujer muy amargada".

Mamá la trajo a casa ya que era su hermana menor. Pero también porque la tía siempre fue distinta a las demás, como indefensa, un poco distraída y hasta medio obsesiva. Todavía soltera a los treinta y tantos, muy bonita, con un abundante pelo oscuro ondulado y unos hermosos ojos verdes, la madre le había dicho más de una vez, como si fuera un hecho natural y establecido: "Vos no te vas a casar nunca, Lusa. Los muchachos se te van a reír por el defecto en la pierna", aludiendo al leve cojeo que la poliomielitis le dejó cuando tenía tres años.

Cuando Lusa rememoraba cosas así, nosotras nos mirábamos con mi hermana en silencio y pensábamos qué cruel, qué hiriente. Parecía mentira que eso lo hubiese dicho mi abuela, a la que yo adoraba. Cuando ella enfermó de cáncer, Lusa dedicó todo su tiempo libre a cuidarla durante tres largos años. Por la mañana, muy temprano, partía hacia el trabajo y regresaba corriendo a atenderla. No sé cómo la tía habrá tomado esas palabras, ni qué le contestaría a la madre, si es que lo hacía, pero sé que la marcaron para siempre. No tenía ninguna vida social. Nunca se casó. Nunca le conocimos un novio. Una vez salió por unos meses con un hombre que resultó ser casado, así que rompió la relación. Después nos enteramos por discretos comentarios de nuestra madre.

Lusa siguió inclinada sobre la máquina de coser Singer que había sido parte del ajuar de boda que la abuela había traído de Rosario, su ciudad natal, a principios de siglo. Siempre cortando y cosiendo pantalones para Severo Humeres, un minucioso sastre del centro de la ciudad.

Severo era un amable boliviano que valoraba mucho la prolijidad en las costuras y al que yo, desde que tenía once años, le llevaba una vez por semana los trabajos terminados, aventurándome a viajar desde casa sola en el ómnibus, algo que me hacía sentir muy adulta e importante.

A lo largo de los años que vivió en mi casa, tía Lusa nos cosió vestidos, abrigos, en fin, toda nuestra ropa, mientras rumiaba sus memorias en la cocina, durante tantas tardes tomando mate con mamá y mi hermana. Mi madre era, sin siquiera ella sospecharlo, una feminista nata mucho antes de que la palabra apareciera en nuestro horizonte. Siempre abierta a nuevas ideas, intelectualmente curiosa, varias veces la oímos decir: "Cuando escuchen que todo tiempo pasado fue mejor, no lo crean. El futuro va a ser mejor, va a haber tantas cosas que yo no voy a llegar a ver y que ustedes disfrutarán..." Y yo sé que el pasado para ella eran los años treinta, los de la depresión y las necesidades en los que se crio. El futuro eran los avances maravillosos que veía venir mientras leía las *Selecciones del Reader's Digest* en castellano, que compraba puntualmente. Y yo sentía en las venas esa expectativa, esas posibilidades que mi madre soñaba para nosotras. En la cocina mi hermana, ella y yo debatíamos películas, libros y artículos de las revistas como si fuésemos estadistas decidiendo la suerte del mundo. Seriamente. Con entusiasmo y pasión. Pero no Lusa. Ella siempre tenía algo que la frenaba, siempre encontraba algo negativo, algo peligroso en todo lo nuevo, no podía volar con la imaginación. Desconfiaba de nuestras amigas, de los hombres, del mundo.

Un día descubrimos por qué era así. La encontramos rodeada de los álbumes y cajas de las fotos familiares. En silencio y metódicamente, estaba rompiendo una por una las valiosas y únicas fotografías en sepia y blanco y negro que la familia había coleccionado por casi un siglo. No paró hasta que destrozó cada una de ellas, ante nuestra desesperación. No se salvó ni la magnífica ampliación de la boda de nuestros abuelos, Inés y Carmelo. En el alboroto alcanzamos a manotear dos o tres a escondidas, pero la aniquilación de su pasado fue física, simbólica y total. Desde ese día no visitó nunca más las tumbas de sus padres. Muchos años después, cuando la Cofradía del Rosario le mandó a decir que iban a disponer de los restos en una fosa común por falta de pago, ella estrujó la carta, la tiró al cesto de los papeles y siguió hablando de otra cosa.

Cortó con todo, pero no pudo desligarse de las ataduras que tenía fuertemente anudadas en su mente. Sufría de claustrofobia y solo pensar que un día la iban a sepultar en un sarcófago cerrado, o peor, que la llegarían a poner bajo tierra, la hacía temblar de pánico. Mamá la tranquilizaba, como a una hija.

Cuando nosotras empezamos a salir con amigas y muchachos, a fines de los sesenta, Lusa decidió mudarse a una pensión de señoritas en el centro. Pero siempre estaba con nosotras en casa, siempre cerca. Era a la vez una hermana mayor un poco excéntrica y una tía solterona que nos había prohibido terminantemente hablar de su edad con nadie. Los años pasaron y ella compartió nuestras alegrías y tristezas, nuestras bodas y los hijos de mi hermana, para la cual fue una querida y confiable abuela sustituta. También estuvo al lado de mi hermana cuando yo, siempre viviendo en un país extraño u otro, no pude estar presente para despedir a mis padres.

Recordando, los ojos se me llenaron de lágrimas. Rosita había dicho que ya no la reconocía y en cada llamada escuchaba la angustia en su voz. Me sentí en falta. Yo soy hermana mayor y era como si la hubiese cargado con todas las cosas dolorosas que la distancia me había negado, como por ejemplo enfrentar cara a cara los últimos minutos de quienes amamos.

Una semana después, mi hermana estaba otra vez en el teléfono con sus tristes novedades.

–No sé qué hacer. No come. Llora todo el día. No se levanta de la cama. No sé si está lúcida, no sé si se da cuenta de algo, pero yo creo que sí, que de alguna forma sabe que la mente se le ha ido –otra vez yo, la gran conversadora, no tuve palabras–. Está enrollada, en una postura fetal y a las enfermeras se le hace difícil cambiarla y hacerle la higiene.

Las imágenes eran horribles, pero lo peor fue escuchar el dolor en la voz de mi hermana. La tranquilicé como puedo pero, a tanta distancia, todo que decía sonaba falso. Le hablé de mis sentimientos de culpa y fue ella quien me consoló y me agradeció el estar del otro lado del tubo cada vez que me necesitaba.

Nuestras llamadas se hicieron más frecuentes. Hubo cambios de remedios, nuevos tratamientos, pero ambas sabíamos que no había esperanzas.

Un par de meses después, un domingo, me llamó con urgencia.

–La están trasladando en una ambulancia al hospital. Se descompuso, parece que es el corazón.

Unas horas más tarde, me llamó para contarme que la tía había sufrido un paro cardíaco. Murió inesperadamente. El médico le dijo a la familia que era lo mejor que pudo pasar. Que hay enfermos de Alzhéimer que permanecen en la cama por décadas. Lusa no había querido aferrarse a la vida, una vida que después de todo nunca le gustó mucho. Rosita estaba inconsolable y le dolía más que nada no haber podido ayudarla, rescatarla de tanto miedo, no haber podido eliminar los terrores y los visitantes imaginarios que la persiguieron hasta el final.

Mi hermana decidió hacerla cremar. Los hijos la miraban con duda. Me llamó para preguntarme qué pensaba yo. La tía no había dejado nada escrito al respecto.

–Estoy totalmente con vos en esto –le dije terminante–. Ella no quería que la sepultasen en ningún lado.

–Me alegro de que estemos de acuerdo –me respondió con alivio–. No quiero ponerla en un cementerio, pero tampoco sé qué hacer.

–Sí, sabés. Dejala volar libre. Esta es la oportunidad de que no esté atada a nada más. Poné las cenizas en algún lugar lindo, el campo, un lago, desparramalas por cualquier lugar amplio, donde pueda correr libre.

Lloramos juntas un rato, rememorando. Le debíamos eso a Lusa. Es el mejor homenaje que le podíamos hacer. En ese momento sí hubiese querido estar con mi hermana para la despedida. Cuando ella cortó la comunicación ya tenía un tono resoluto y seguro en la voz.

Acompañada de su marido y su hijo menor llevó las cenizas a un punto de las sierras de Córdoba, lejos de todo. Eligieron un bonito lugar de los tantos que hay allí y, después de rezar una oración de despedida, volcaron las cenizas en un caudaloso río.

Cuando Rosita me contó entre lágrimas los detalles, yo me imaginaba a Lusa como una ola de luz transparente, flotando sobre las aguas, ligera como la brisa, libre de las ataduras, de la pierna con polio, de los malos recuerdos y de las cosas que pudieron ser y no fueron.

Un largo adiós

El tren abandonó con pereza la estación de Ljubljana y Ángela se esforzó por contener las lágrimas. Tragó con dificultad y respiró hondo. Los recuerdos de los últimos días la asaltaron sin orden, inmanejables para sus doce años recién cumplidos. Se volvió a mirar hacia la tía Pepsa sentada a su lado y con el rostro entre las manos, llorando todavía por el hermano que se arrepintió de acompañarlas a Italia. El tío Frantz, a medio camino, había decidido quedarse a pelear contra los alemanes y alzando su pequeña valija, había bajado del coche que los transportaba desde la granja de los abuelos Banić hacia la ciudad. Pepsa había implorado y Ángela llorado a gritos pero él había desandado el camino a paso resuelto, haciendo un último saludo con la mano en alto. Ellas, sin saber qué hacer, le habían pedido al cochero que esperara, por las dudas. Frantz había caminado unos doscientos metros cuando vieron un piquete de soldados alemanes que salió a su encuentro, deteniéndolo. El cochero, alarmado, había acicateado los caballos mientras ellas, arrodilladas en el asiento y mirando con horror, veían desaparecer en una curva del camino al grupo armado que se llevaba a tío Franz quién sabe a dónde.

Ángela sintió la punzada de dolor otra vez y mirando por la ventanilla trató de pensar en otra cosa, mientras la ciudad quedaba atrás y el paisaje familiar de los maizales calmaban un poco el tumulto interior. Todo había empezado aquel día fatídico, cuando una serpiente la asustó camino al sembradío donde Antón, el padre, trabajaba con los otros hombres. Les había dejado la canasta con el strudel recién horneado y regresado rápido a la casa, todavía temblando, al refugio de los brazos maternales de Alojzija. Esa misma noche había escuchado a sus padres hablar de la operación que le harían a tía Pepsa en Italia para corregirle la pierna con polio que la obligaba a caminar con un bastón desde la infancia. Recordó cómo su corazón se había estrujado de miedo al oír que ella, por ser la mayor, y tío Frantz la acompañarían. A Italia. A otro mundo. Lejos de la granja y de todo lo que amaba. Lejos de sus hermanas Justi y Vida. Y de Slavka, la pequeñita. Había llorado toda la noche y a la mañana, cuando durante el desayuno los padres se lo comunicaron, ella supo que la decisión era inapelable. Nadie desafiaba a Anton Martincić, un soldado prusiano alto, autoritario, con un carácter tremendo y una mano muy dura cuando pegaba. Alojzija bajaba la cabeza ante sus órdenes.

Ángela había corrido hasta la granja de los abuelos Banić, campo atraviesa, desolada. La abuela Marija la había tranquilizado con la ternura de siempre. Sentándola en su regazo hasta que las lágrimas se secaron, le había explicado por qué debía acompañar a tía Pepsa y prometido que no iba a ser por mucho tiempo. Unos meses, no más. Las dos habían pasado la mañana leyendo, escribiendo y cantando, como siempre. Esa había sido la última vez que estuvo a solas con la abuela y fue tan feliz que casi olvidó el encuentro con la serpiente y la mala noticia del viaje.

"Módena, mayo de 1945

Dragi Mama,

¿Cómo están todos en casa? Tía Pepsa y yo estamos bien. ¿Cómo sigue Papá de la pierna, ya se le curó la herida? Dígale que se cuide y que no vaya al bosque solo, porque los alemanes lo van a confundir de nuevo con un partisano. Quién iba a pensar que no podríamos volver después de la operación de tía. Ya hemos pasado tres años aquí y ahora tendremos que mudarnos. El gobierno ordenó que todos los extranjeros se registren en Campo Libre y nos van a trasladar a Bologna. No sabemos

qué hacer. Podemos elegir ir a la Argentina también, pero estamos en duda. ¡Queremos volver a casa, Mama! En Módena todo está muy mal, los bombardeos tiraron parte de la ciudad abajo. Mataron a Il Duce el mes pasado y parece que todo va a cambiar otra vez. Tía quiere regresar allá y yo quiero cumplir mis quince años en casa el mes que viene, Mama. Rezo todos los días para poder volver a verlos a todos ustedes pronto. Extraño a la abuela, también nuestra casa y los bordados alrededor del hogar a la noche. Saludos de tía Pepsa. Los queremos mucho.

Ángela

"Campo Bagnoli, Nápoli, Julio de 1949

Dragi Mama,

Ya no le escribo tanto como antes, pero siempre pienso en usted y en las hermanas. ¡Están tan grandes y lindas! Recibimos las fotos. Estamos muy bien en Campo Bagnoli, tenemos un departamentito para las dos y le habrá contado tía que Rodolfo es el jefe del edificio. Es un hombre muy bueno y tía me recomendó que me case con él. Hicimos una cena y fuimos unos días de luna de miel a Capri, cerca de Nápoli. Mama, nos dio mucha pena que ustedes nos pidieran que no volviésemos a casa cuando terminó la guerra. Yo lloré mucho, pero sé que no están contentos con Tito y los comunistas allá. Recen y tengan fe. Estamos haciendo los papeles para irnos a Buenos Aires como ustedes nos dijeron. La Cruz Roja nos ayuda. Tía Pepsa y yo tenemos boletos para partir en el buque Campana. Rodolfo esperará a que lleguen sus papeles desde Zagreb para seguirnos. Los tíos Albina y Mirko nos esperarán allá y se alegraron mucho al saber que vamos. Le escribiré desde Buenos Aires. Mama, ¡qué lejos nos vamos! ¿Cuándo volveremos a vernos? Mire lo que pasó con los abuelos Banić, que Dios se los llevó y no los veré más. Aquí les mando una foto del día de la boda, con tía Pepsa, a la que aquí todos llaman Josephine. Cuídense mucho. Los quiere,

Ángela"

N. de la A.: Esta historia fue escrita para participar en el II Concurso Historias de Familia organizado en 2015 por el Club de Escritura Fuentetaja de España, todavía en proceso de juzgamiento a la fecha de esta publicación.

Fidelidad

–Frená acá nomás –dijo Lisa.

–¿Cuándo nos vemos? –preguntó él.

–Te llamaré pronto –mintió ella.

Él le sonrió igual que cuando estaban apretujados, hacía un rato, empapados de transpiración y borrachos de energía febril. Ella lo hubiese besado otra vez, pero se forzó a bajar.

El auto arrancó, perdiéndose en el escaso tráfico de la madrugada. Ella caminó tres cuadras hasta un elegante edificio donde el portero la saludó al entrar y le informó de que la señorita Nina había llamado dos veces a la recepción, preguntando por ella.

Lisa le dio las gracias y subió al encuentro de la bella jovencita que su marido había contratado como asistente, solo para espiarla. Al abrir la puerta Nina se adelantó ansiosa, pero ella no la dejó hablar. Abrazándola con pasión, la llevó hacia la pared y le tapó la boca con un beso urgente que, como tantas otras veces, borró la ausencia.

Cenicienta
por un día

Con dedos inseguros y empapados en sudor frío, Joe Restucci se prende de la campanilla otra vez. La mano le tiembla de dolor. Maldita artritis. Y esa mujer que no viene nunca cuando él la necesita.

Por fin, la joven enfermera se asoma a la puerta, con ojos interrogantes. Joe la mira de costado, con bronca.

–¿Y...? ¿Es hora o no? –La voz se le quiebra y respira con dificultad el oxígeno. El aire que no entra del todo hasta los pulmones lo desespera.

–En media hora –dice ella, conmiserándose, y eso lo irrita todavía más–. Usted sabe que hay que esperar... –agrega, y con un gesto profesional y neutro le ayuda a levantar la cabeza mientras le quita la almohada mojada de transpiración y se la cambia por una que levanta de una pila en la cama vecina. Él acepta en silencio, con la impotencia que lo invade cada vez que tiene que depender de otros para las cosas más simples.

–¡Apúrese, estoy esperando! –Y con un tono más suave–: Aunque no me voy a ningún lado...

No quiere fastidiar a esta enfermera también. Es jovencita, pero parece eficiente, no como las que tuvo antes. Joe aprecia la eficiencia, una cualidad que ha cultivado toda su vida y que le hace tener poca paciencia con los incompetentes.

La enfermera enjuaga la pequeña toalla en un recipiente de agua que está sobre la mesa de luz y con movimientos seguros le limpia la transpiración de la frente, mejillas y cuello. Él siente el pelo pegado a su piel, esos pocos hilos que le quedan después de la quimo que se llevó sus ondas oscuras y abundantes, sin canas casi, de un día para otro.

–Yo tenía muchísimo pelo... parece mentiras... –murmura casi para sí mismo.

La enfermera le peina con cuidado las hilachas que cubren su cabeza y él siente otra ola de furia creciendo en su pecho ya casi sin aire. ¡Carajo! ¿Por qué justo a él? Le duele tanto la herida y todavía tiene que esperar media hora para la jeringa que le va a traer calma por un rato, nada más. ¿Y dónde mierda está Kitty? Qué dolor..., ella debería estar ahí, a su lado. No la ve y la cólera crece aún más adentro de él. Ya le pesa como un camión sobre el pecho.

La enfermera regresa del baño con agua fresca.

–¿Y mi mujer? –La voz le sale en un fatigoso silbido. Ella le da unas palmaditas suaves, sonriendo, le arregla el tubo de oxígeno bajo la nariz y le estira la sábana sobre el pecho. Él nota la frescura de la tela sobre su piel.

–Recién la crucé camino a la cafetería. Vuelve en un minuto, no se preocupe.

Le muestra otra vez sus dientes juveniles y blancos, no como los de él, que a los setenta y cinco tienen un lastimoso color amarillo oscuro, seguro que por culpa del cóctel de drogas que le hacen tragar para nada, después de todo. Si pudiera, saldría corriendo de aquí ya mismo, piensa, justo cuando un zarpazo de dolor le revuelve las entrañas.

Kitty y yo éramos distintas en todo sentido, pero hicimos *clic* inmediatamente, como si nos conociéramos de toda la vida.

–Nunca creí que la Cortina de Hierro iba a caer así, yo pensaba que era para siempre –me dijo de golpe en el ascensor de la financiera donde trabajábamos como temporarias, sosteniendo el *Cleveland Plain Dealer* con la foto de Reagan en la primera plana. Y entonces supe que le interesaban las mismas cosas que a mí, una rareza viniendo de una secretaria americana.

Era una pelirroja pecosa, de pelo muy corto ya casi blanco por las canas, ojos verdes profundos, con esa piel frágil que avecina prematuras arrugas y una sonrisa pareja y blanca que salía a relucir por cualquier motivo. Yo era una recién llegada, puede decirse, solo dos años en el país, y hablaba inglés con un fuerte acento hispánico.

Ella había nacido en un pueblito de Ohio y yo en la otra punta del continente americano, pero fue como si hubiésemos nacido a diez millas de distancia. Teníamos exactamente la misma edad y habíamos vivido casi las mismas experiencias, leído casi los mismos libros, bailado con la misma música de *rock* y disfrutado de los cambios que dejaron los sesenta. Lo que demuestra la fuerza que ya tenía por aquella época la todavía no bautizada globalización cultural.

Cuando nos conocimos ella estaba viviendo con Joseph C. Restucci, un millonario italiano-americano, quince años mayor, católico y divorciado a la fuerza porque la mujer lo había abandonado. Su relación comenzó cuando entró de secretaria a su empresa de electrónica. Él pertenecía al Club de los Jóvenes Millonarios, quienes habían llegado a conseguir grandes fortunas antes de los treinta años. Kitty era una profesora de secundaria desilusionada de su vocación. Él tenía un feudo inacabable e imprescindible como una adicción, con su ex esposa. Escenas dignas de una ópera, con drama, gritos, portazos y desplantes que lo conectaban en una eterna crisis con una mujer fortísima, avasalladora y dos hijos adolescentes que lo despreciaban y a los que mantenía lujosamente.

La ex lo demandaba judicialmente a menudo. Lo acusaba de maltrato a los hijos y le pedía aumento de manutención. Vivían de juicio en juicio. Joe le pasaba una mensualidad sideral a los chicos y la ex era *la otra* en su relación con Kitty. Ella soportaba el sainete con estoicismo; entre griterío y griterío, Joe compraba boletos de avión o barco y los dos paseaban por todo el mundo. Festival de Cannes vivido desde un yate, viaje a lomo de camello por las pirámides de Egipto, una subida a la Muralla China, una espiadita bajo la cortina de hierro a San Petersburgo o a Praga, un viaje en globo y mucho más. A Kitty le resultaba fácil olvidar los interregnos de ópera con tanta ropa de marca, casinos, gente importante y aeropuertos internacionales.

Poco después de conocernos, ella lo convenció de que debían casarse y él aceptó rezongando, pero una semana antes de la boda entró en pánico y desapareció por diez días sin una palabra. Ella se restregaba las manos, ansiosa, sosteniendo como prestidigitadora todos los detalles del casamiento, sin saber si Joe aparecería o no. Al fin, dos días antes, él reapareció, sin explicaciones, y la magnífica boda en un *country* club de los suburbios se llevó a cabo con gran éxito.

Kitty se casó calzando sus zapatillas de cristal; un par de zapatos transparentes, como la Cenicienta. Todavía guardo la tarjeta de invitación a la boda, impresa sobre relieve plateado, dos anillos unidos por un moño, con letras cursivas y elegantes. El *motif* de la fiesta fue Invierno en el País de las Maravillas y bailamos con una gran banda de *jazz* de los cuarenta hasta muy tarde. Poco después ella me confió que había firmado, ante testigos y a instancias de Joe, la condición *sine qua non* de la boda: el acuerdo prenupcial.

Con intervalos largos y cortos, el ruidoso te-odio-y-te-quiero de Joe y la ex siguió por muchos años. El contacto entre nosotras se hizo cada vez más espaciado, hasta que al final pasó a ser una puntual tarjeta para Navidad.

La enfermera sale de la sala y Joe mira hacia la ventana. Hay jirones de nubes enceguecedoras allá arriba, cruzando por el recuadro azul que se ve detrás del vidrio. La bronca acumulada porque le duele y porque Kitty no está a mano para desahogarse recriminándole algo sigue creciendo dentro de él.

Ha trabajado tan duro para los otros, para Mamma, para los hermanos, ¿Por qué nadie lo ayuda a salir de esta?

Nadie me da una mano. ¿Dónde está Dios? ¿Es que hay Dios? ¿Por qué no puedo encontrar paz? Seguro que estoy por morirme. Eso es lo único seguro, pero no quiero, no quiero morirme. No quiero este maldito dolor, ¿dónde mierda está mi familia? Siempre están a mano cuando necesitan plata, pero... ay, este dolor, me duele tanto... ¿Y dónde se metió Kitty? ¿Y los cretinos chupasangre de mis hijos? Seguro que están listos para heredarme... pero no me van a dar el gusto de venir a verme, no. Igual que la madre, esa perra de Carla, que ni siquiera se ha asomado por acá... ¿Por qué me casé con ella? Dijo que estaba embarazada y después del casamiento declaró que tuvo una pérdida... me enganchó bien con mentiras. Mamma no le creyó ni por un momento y tenía razón, Mamma. Estaba buscando un marido que le pagara los lujos... Mamma la odiaba. Pero era hermosa y todavía es... con formas de mujer, robusta, no como estas lauchas de hoy en día... nunca quise separarme, esa es la verdad... el divorcio es un pecado. ¿Cómo pudo romper una cosa así? ¿Un juramento ante Dios? Y ella fue a casarse con ese insignificante, un profesor. ¿Qué le vio a ese traga libros? Y para colmo tuvo un hijo con él... por eso mis hijos se convirtieron en unos sinvergüenzas... ella los maleducó, tal como lo anunciaba Mamma...

El ruido de la puerta lo sobresalta y de reojo ve a Kitty, que entra ansiosa y se acerca en puntas de pie a la cama. Él trata de volver a la respiración rítmica de antes, pero cada vez le cuesta más y la enfermera que no viene. Se habrá olvidado de él. Son todas iguales.

–¿Estás despierto?– susurra Kitty con ternura–. ¿Cómo estás?

–¿Por qué estás susurrando? –le pregunta con bronca–, nadie está durmiendo aquí.

Kitty no se inmuta. Al contrario, su voz se endulza un poco más todavía.

–Te leo algo, así te ayuda. La enfermera vuelve en un minuto con el calmante.

Él niega con la cabeza y ella levanta una toallita seca, la sumerge en el agua fresca y le limpia la cara con ternura. Él cierra los ojos, disfrutando de la tela fría. En un impulso, Kitty se inclina y le besa ligeramente los labios resecos. Él abre los ojos y la mira con algo que se asemeja al afecto hasta que un relámpago de dolor le oscurece la mirada.

–¡Me duele! ¡Me duele tanto! ¡Llama de una vez a esa enfermera!

Después de la inyección, Joe lucha por relajarse, aflojar el cuerpo, dejar que el dolor vaya siendo derrotado por la fuerte droga, centímetro a centímetro, devolviéndole su cuerpo por un rato. Si solo pudiera respirar bien, sin esta fatiga. Kitty se sienta al lado de la cama con su *best-seller* abierto, lista para meterse en cualquiera que sea la estupidez romántica que está leyendo ahora. Mejor así, él necesita silencio.

Y sí, Kitty es una buena mujer, me ha acompañado mucho... no es que la plata no le interese, aunque yo arreglé ese asunto con el prenupcial, claro... porque la familia es la familia... Ella se quería casar a toda costa y tuvo su boda yo no quería perderla, así que le seguí la corriente, aunque ese no fue un casamiento real como con Carla... ni siquiera fue en la iglesia, nos casó una ministra, ¡una mujer! Y yo le seguí la corriente, era su sueño y se ocupó de todo... pero uno se casa una vez en la vida, todo lo demás es teatro... Kitty me necesitaba... andaba buscando una figura de pa-

dre. Yo me di cuenta el primer día que la vi, en la entrevista de trabajo... allá en la empresa... qué épocas esas...

Algo lo sobresalta, pero Kitty está todavía allí, en silencio, leyendo su historia de amor. Joe cierra los ojos otra vez, disfrutando de la tregua que le da la morfina.

¿En qué estaba? Ah, sí, cuando vino a la entrevista era tan bonita, frágil y recién divorciada de un hombre que le confesó que se iba a vivir con otro tipo... ¿Qué clase de hombre hace esas cosas? Yo era poderoso en esa época, qué tiempos, pura acción y todos triunfos... pensar que esas basuritas electrónicas iban a servir para las computadoras... cayó todo justo y yo estaba en el tope de la montaña... y todo gracias a Mamma, si no fuera por ella, nada hubiera salido así... qué fuerte era, cómo nos crio sola, después de que papá tuvo el accidente... a fuerza de voluntad y de su fe en Dios... mejor que un padre, porque el viejo era flojo, no la pegaba una con los trabajos... Mamma... Me dijo siempre que estaba tan orgullosa de mí, de cómo me ocupé de la familia... y cómo disfrutaron todos del confort y los lujos que el viejo nunca les hubiera podido dar...

Con los ojos cerrados sonríe pensando en la madre, en sus lecciones morales cuando él era un adolescente lleno de ímpetu y cómo lo puso en línea... una mujer de hierro, Mamma.

Y era tan sabia... le tomó el tiempo a Carla, esa libertina, que andaba a la pesca de un marido con plata y yo un cincuentón, estúpido, caí con todo en la trampa... tendría que haberle hecho caso a la vieja... ella siempre me reprochó lo ingrato que fui, abandonándola para casarme... pero yo estuve a su lado hasta el final... y me perdonó, querida Mamma...

De pronto Joe se siente invadido por una extraña calma, nada le duele, está flotando.

Qué fuertes son estas inyecciones, me siento tan bien, pero qué es eso, la ventana es más grande y qué brillante... cuanto más me acerco, más brilla... ¿Y esa silueta?...¿Mamma?...

El chirrido, agudo y continuo, sobresalta a Kitty, quien ha estado dormitando. Salta del sillón al mismo tiempo que la enfermera entra corriendo en el cuarto, seguida por otros. El sonido sale de la caja negra en la pared que ahora muestra una línea verde pareja de luz que la hipnotiza y ella se queda mirándola, suspendida en ese instante, mientras todos se agitan alrededor de la cama donde yace Joe.

– ...porque yo pensé que me iba a dejar la casa –a muchos kilómetros de distancia, en una de esas raras comunicaciones telefónicas que tenemos no más de una vez al año, la voz de Kitty ahora es más serena, sin sollozos. No explica a cuál de las casas se refiere, pero estoy segura de que no es la mansión que Joe edificó en un lujoso condominio de los suburbios un par de años antes de caer enfermo–. Me costó mucho y se lo peleé duro a Carla, pero no hubo caso, me quedé sin nada.

La voz ahora es calma, casual.

–Kitty –digo yo, sin saber qué agregar a lo escuchado–. ¿Dónde estás viviendo entonces?

–En la casa nueva. Pero es hasta que la vendan, después me tengo que ir.

No pregunto nada, en realidad no quiero que me cuente, porque ya lo intuí desde hace años. Ella sigue, imperturbable. Dice que desde que Joe murió, hace poco más de un año, está viviendo una larga historia de juicios y testigos y peleas legales con la ex mujer y los hijos. Quiero decirle, ¿cómo no lo viste venir si te hizo firmar un prenupcial cediendo todos los derechos? ¿Qué esperabas de él?

Cambio de tema. Le pregunto si anda bien de salud, a qué se dedica. Como saliendo de un trance, me dice:

–Ah, claro, todavía no te comenté nada. Ayer me dieron los resultados de unos análisis que me hice por aquel dolor viejo en el estómago y tengo que ir a cirugía pronto. Me dieron turno. Después te cuento cómo sale.

Apenas puedo articular dos preguntas con la boca seca y la voz estrangulada.

–¿Qué pasó? ¿Qué tenés?

–Tengo una rara forma de cáncer terminal. Me tienen que operar en unos días. Espero que todo salga bien y que el sol vuelva a brillar.

Me quedo sin palabras. Pero ella ya ha cambiado de tema. Me cuenta de sus clases de superación personal y del último libro de autoayuda que ha comprado.

Yo la escucho en silencio, sin saber que esa será la última vez que oiga su voz.

Buscando las piezas sueltas

Los hilos se van tejiendo como quien no quiere la cosa. Por ejemplo yo, con mi empecinamiento por encontrar un personaje, un sitio o un tema, darle vueltas y mirarlo desde este ángulo. Y no, no me gusta, mejor cambio la perspectiva. Desde aquí parece más interesante, me digo, pero todavía no. Los días pasan y no tengo una comparación idéntica en castellano, *in the backburner* de mi mente sigue rondando la idea, que no es idea propiamente dicha todavía, sino un montón de viñetas sueltas. Hasta que un día, entre mate y mate, después de las novedades cotidianas, nos ponemos a charlar de bueyes perdidos y le cuento que tengo algo que todavía no tiene forma dando vueltas. Él me tira un par de cosas graciosas y desconectadas, como: ¿por qué no escribís un día sobre *je n'ai plus d'essence,* por ejemplo? Largo una carcajada mientras me remonto a esa callejuela angosta en la zona de los bancos en París en 1977. A nuestro camper-van sin combustible en el medio de la calle, los autos amontonándose atrás y los franceses gritándome quién sabe qué cosas, mientras yo buscaba con urgencia en el librito *Berlitz Francés Para Viajeros* la traducción para explicar mi problema. Me remonto al policía vestido a lo Charles De Gaulle, que por fin hizo mover el van contra la vereda. Y a esa señora mayor, versión anciana de Mary Poppins (¿qué haría en París con esa pinta tan inglesa?) amenazándome con un paraguas cerrado desde la vereda de enfrente. Nos reímos otra vez con los recuerdos. Me parece verlo de nuevo, llegar apurado, por el medio de la calle congestionada, con un bidón de combustible en la mano, treinta y tantos años más joven, lleno de energía y, como siempre, tomando las cosas con calma. Ahora sonríe y confiesa: no me olvido del apuro que tenía cuando compré esa nafta. Puse unos billetes frente al francés de la estación de servicio: tomá, agarrá lo que quieras, apurate. Ese recuerdo nos lleva a otro. Cuántas aventuras en aquel viaje, con el van que alquilamos en Londres para zigzaguear por Europa por unos meses antes de asentarnos en un lugar permanente.

Y así la historia se va armando, todavía no sé si es la que quiero escribir, ya que no tiene forma, aunque sé que está ahí. La hilo como industriosa arañita en el aire, tejo un tramo acá y otro allá, mientras él y yo escarbamos en la memoria las anécdotas que nos quedaron de las tantas que vivimos. Los lugares del mundo que recordamos entre los muchos en los que pusimos pie; fragmentos que no pueden pintar toda la tela porque se nos escapan pedazos, aunque los que tenemos en la mente en este preciso instante, estas evocaciones parciales hacen que los ojos brillen, que sonriamos y pasemos un rato mágico. Seguimos con el juego y por supuesto llegamos a otros recuerdos ya no tan gratos, como aquella mañana en nuestro departamento de Hawthorne, en Melbourne, cuando me desperté y me descubrí bañada en sangre. Fue el día en que perdimos nuestro primer, tan deseado embarazo. Ahora tengo el asfixiante nudo en la garganta que me viene con esta dolorosa memoria, pero él, también con tristeza en sus ojos, me larga el dicho de Les Luthiers, *suéltame, pasado* y eso, como siempre, rompe los malos recuerdos. No te olvidés de que en ese viaje a Europa ya estabas esperando a la nena, me dice, siempre mi equilibrio, mi eje emocional. Y mirá qué hermosa hija, las alegrías que nos ha dado todos estos años, además de esa nieta preciosa que nos saluda por Skype dos o tres veces por semana. Suspiro y confirmo, feliz. Pero hemos terminado de matear y el cuento que quiero escribir no ha cuajado dentro de mí. Sigo con hilachas sueltas. Me vengo refunfuñando hasta la computadora, pongo los dedos en el teclado, miro un rato largo a través del vidrio este jardín de Miami y al fin digo: qué miércoles, si no tengo un cuento entero hoy, tengo un montón de trozos sueltos y mejor los paso al papel. Aunque todavía no sirvan para nada, porque son piezas de un rompecabezas que aún no puedo armar ya que alguna quedaron traspapeladas entre tantas memorias. Pero si no las veo sobre el escritorio, sé que están rondando por ahí. Y estoy segura de que cuando encuentre la pieza exacta, esa, que va a enganchar a todas las otras, la historia tomará forma.

Siempre, como por arte de magia, aparece.

N. de la A.: Relato publicado en la revista literaria *Metaforología.com*, 12/7/2015

Romance porteño

Patricia caminó con paso ágil las diez cuadras que separan la avenida Belgrano de la calle Tucumán. Era sábado, después del mediodía, y el centro de Buenos Aires se preparaba para el fin de semana aquietando el enérgico ritmo comercial de la mañana. La relativa calma de la siesta duraría hasta la noche, cuando la actividad siempre llegaba a su pico máximo. Los cafés se llenarían de gente, los cines de Lavalle y los teatros de Corrientes exhibirían largas filas para entrar a la próxima sección. Los habitantes de ciudad que nunca duerme se preparaban para trasnochar como todos los sábados. Excepto Patricia.

Había llovido desde temprano y ella tenía el paraguas bajo un brazo, por las dudas y en una bolsa de nailon un prolijo paquete, atado con un hilo liviano, que había envuelto con cuidado. En unos minutos iba a ver a Juan José otra vez después de cuatro largos días de ausencia. Se había puesto un vestido nuevo y los zapatos de taco ancho a la última moda, que le gustaban a él y que, por suerte, eran cómodos. Claro que viviendo en Buenos Aires y caminando tanto (ella odiaba tomar los colectivos, siempre llenos), sus tres pares de zapatos eran modernos, pero muy prácticos. Los de tacos altos y finos los guardaba para ocasiones en las que viajaba en auto, porque las veredas desparejas de la ciudad destrozaban las tapitas en la primera postura.

Iba bajando por Lima, lateral a la Avenida 9 de Julio, y ya los negocios mayoristas de telas y tapices del barrio de Montserrat atrancaban sus puertas por el fin de semana. Al pasar, miró su imagen reflejada en la inmensa vidriera que un empleado estaba a punto de cubrir con la cortina metálica. Si la humedad seguía así, el pelo que se había estirado esa mañana en una toca alrededor de la cabeza iba a ondulársele sin remedio. Se encogió de hombros; no era tan importante, después de todo. Aunque la prefería de pelo lacio, Juan José la amaba igual, estaba segura. Y ahora estaba esperándola. Claro que la visita iba a ser formal, nada de acercarse mucho, ni besarlo. Él se lo había explicado por teléfono anoche, después de murmurarle los mimos y dulzuras para los que ella existía y sin los cuales no tenía paz.

–Cuando llegues, la vieja vinagreta te va a dejar pasar a mi pieza, pero acordate, no vayas a cerrar la puerta, porque no quiere que recibamos mujeres aquí.

–Seguro, no te preocupes, mi vida, no me voy a cercar a vos. ¿Se te pasó la fiebre?

–Tengo un poco todavía, pero ya me siento mejor. Ah, me olvidaba. Traeme las camisas que me lavaste. No hace falta que las planches, esas son *wash and wear*.

–Claro que sí, te las llevo, ya están secas –había respondido ella, feliz de que él la necesitara y feliz de poder ayudarlo. El pensamiento la enterneció. Pobre Juan José. A él le era tan incómodo lavar las camisas, con esa chusma de la dueña de la pensión, que le controlaba todo y no le dejaba colgar las perchas a secar en el balcón de su cuarto. "Porque se ven desde la calle y vivimos en pleno centro, en un segundo piso", le había reprochado la bruja. ¡Como si la gente que camina por la angosta Tucumán

146

fuera a levantar la cabeza para mirar hacia arriba, al diminuto pedazo de cielo que se divisa desde las veredas!

Patricia era afortunada en ese sentido. El dueño de la pensión de señoritas en la que ella vivía, un gallego, no entraba casi nunca al lavadero, de modo que no sabía si ella fregaba a mano más ropa que la normal. Así es que después de que Juan José le contase esas historias de horror con la dueña, ella se ofreció a lavarle las camisas. Eran cuatro o cinco por semana. No era tanto trabajo, después de todo. Ya hacía un año que se las lavaba. Con la magra mensualidad que seguramente le mandaban sus padres desde Salta, él no podía darse el lujo de llevarlas al lavadero.

Suerte que ella se las arreglaba con el sueldito que ganaba escribiendo a máquina documentos medio día en el estudio de un abogado, lo que le permitía pagar el hospedaje, comprar libros y otros gastitos. Los puchos eran caros, claro, si ella se fumaba un paquete por día. Pero iba tirando y hasta le alcanzaba a veces, cuando él se quedaba sin plata, para pagar la cuenta de los dos en el restaurante barato donde cenaban. Porque ella creía en la igualdad de los sexos. Después de todo, estaban en la última mitad de los años sesenta y el planeta estaba en ebullición con tanto cambio extraordinario. Los muchachos en Córdoba se habían agarrado a patadas con los policías y armado el Cordobazo, haciendo tambalear al gobierno militar. En París una generación estaba saliendo a las calles bajo el inspirado lema del *grafiti*: "No sabemos qué queremos pero sí sabemos qué NO queremos". En Estados Unidos había marchas en las calles contra la guerra de Vietnam y a favor de la igualdad racial. Y los estudiantes de todo el mundo aconsejaban, sabiamente, desconfiar de cualquiera que tuviera más de treinta años.

Patricia devoraba las noticias y leía cualquier libro que aparecía sobre el tema, mientras a su alrededor, en la pensión, las chicas laburantes llegadas del interior buscaban novio oficial o se preparaban para casarse. ¿Es que no tenían ojos para ver que el mundo se transformaba día a día? Si ella comentaba alguna noticia, la miraban como si recién hubiese bajado de un plato volador. Era inútil.

Claro que Juan José no era muy partidario de la independencia femenina ni de los cambios políticos tampoco. Pero eso era porque él venía de una familia tradicional y de mucha plata de Salta. Las viejas familias del noroeste tenían costumbres arraigadas y, claro, a él le habían inculcado todo eso. Pero, a la larga, estaba segura de que él iba a absorber los cambios, como ella. Pertenecían a la misma generación que estaba haciendo historia en todo el mundo y él iba a recibirse de abogado en un par de años, apenas terminara de dar esas materias que hacía rato no podía pasar, aunque los padres no lo dejaban trabajar para que las aprobara de una vez. Ella le ayudaba a estudiar. Se sentaban en los cafés, por horas, antes de los exámenes y le tomaba las bolillas una por una. Tanto que ya se las sabía de memoria.

–En una de esas me anoto yo en tu facultad y me hago abogada en vez de estudiar periodismo –había bromeado una noche, sorbiendo el tercer cortadito mientras él luchaba para recordar algún dato histórico o el número de alguna ley.

Juan José la había mirado con un gesto tan despectivo, que ella no se atrevió a seguir con la broma.

–¿Abogada, vos? –había observado incrédulo, los ojos burlones–. No lo creo...

–Digo, nomás –se arrepintió ella, con la firme decisión de no demostrar lo que sabía de la bolilla que estaban repasando, para no herirlo. Él era su vida desde hacía casi dos años, cuando después de mucho buscarla e insistir, ella aceptó la primera cita.

En Tucumán dobló la esquina a la derecha y caminó media cuadra. Mientras buscaba en el portero eléctrico el piso para llamar, el corazón le latía aceleradamente. Pronto iba a verlo otra vez. ¡Cuánto lo había extrañado, mientras la gripe lo tenía en cama y él no quería que ella viniera a verlo por miedo al contagio!

La mujer enjuta y arrugada que la recibió en la puerta del piso tenía un aire de fastidio y la miró con desconfianza. La siguió por el pasillo oscuro hasta una puerta. Cuando la abrió, Patricia se encontró por primera vez en el cuarto a donde su adorado pasaba sus días estudiando.

Juan José estaba tendido en la cama, tapado con las cobijas hasta el pecho, aunque no hacía frío. La puerta-ventana que daba un pequeño balcón gris iluminaba la habitación, Ella no podía despegar los ojos del rostro amado. La mujer hizo un gesto de admonición, como diciéndoles "ya saben el reglamento" y se marchó con la frente alta, dejando la puerta abierta de par en par.

Patricia se acercó y le rozó tímidamente la mano. Él le sonrió.

–¿Me trajiste las camisas, mi amor?

–Claro –murmuró, sosteniendo el paquete sin saber bien dónde ponerlo. Él hizo un gesto, señalando una mesa pegada a la pared, llena de papeles y libros desparramados. Ella obedeció–. Qué raro es verte así. Estás pálido, ¿de veras te sentís mejor?

–Sí, ya estoy bien. Sentate ahí, por si pasa la vieja curioseando, que no te vea al lado de la cama.

Charlaron de bueyes perdidos. Ella le puso al tanto de lo que había hecho esos días. También intercambiaron palabras cariñosas que sonaban extrañas a dos metros de distancia, hasta que finalmente ella recordó:

–Mi amor, si ya leíste *Orgullo y Prejuicio* me lo quisiera llevar. Se lo ofrecí a Laura. Vos lo tenés desde hace meses. Solo si ya lo leíste, claro...

–La verdad, no lo pude terminar, es un poco pesado. Esos romances del siglo diecinueve me aburren. Debe estar por ahí arriba, en esa pila –Se incorporó un poco–: Me voy a tomar otra aspirina.

– ¿Te la busco?

–No. Las tengo acá. Fijate si encontrás el libro –dijo, dándose vuelta hacia una mesita llena de frascos.

Ella se puso de pie, feliz de poder moverse un poco y revisó las pilas de libros de los tres estantes alineados en la pared.

–No lo veo.

Él estaba ocupado revolviendo el cajón de la mesita de luz para encontrar las aspirinas y ella siguió buscando el libro, ahora sobre la mesa de papeles desordenados. Movió algunos, hasta que al correr a un costado un ejemplar de *Automundo,* una pila de fotografías en color se resbaló afuera, desparramándose sobre otros papeles. Ella las levantó rápidamente, las reagrupó y al mirar la primera el corazón le dio un salto. No tuvo tiempo de pensarlo mucho, porque Juan José ya estaba diciéndole, alarmado:

–¿Qué hacés, Patricia? No toqués esos papeles... ¿qué tenés en la mano?

–Una foto tuya abrazando a una chica rubia – balbuceó ella, tendiéndosela para que la vea.

Él saltó de la cama, arrastrando consigo la colcha, e intentó manotearle las fotos, pero Patricia se echó atrás y miró hacia la puerta. Él quedó parado, vacilando, en medio del cuarto sin saber si volver a la cama o perseguirla a riesgo de que la dueña apareciera en cualquier momento.

–¿Qué carajo es esto? – rugió Patricia, ahora comprendiendo lo que sucedía.

–No grités, che, no grités –suplicó él, volviendo a la cama, como dándose por vencido.

– ¿Y? Estoy esperando –dijo ella tratando de controlarse, arrinconada todavía para guardar la distancia–. ¡Explicate, por favor! –La voz le temblaba por la sorpresa y la rabia.

–Sentate. Tenemos que hablar.

–¡Tenés otra mina! ¡La puta madre, tenés otra mina! –repetía ella, incrédula, mientras revisaba rápidamente las fotos, una tras otra. En todas estaban él y la chica, una rubia preciosa, de pelo increíblemente dorado y lacio, en distintas poses, con distintas personas, siempre sonriendo, siempre abrazados, o besándose. Patricia sintió como si de un manotazo la hubieran vaciado por dentro. Era como si flotara en el aire, como si no estuviera ahí, como si no tuviera cuerpo, solo ojos para reconocer lo imposible–. ¿Cómo podés ser tan...?

–Dejá de putear, che, no quiero que te oigan. ¡Tranquilizate, por favor! ¡Sentate ahí de una vez y dejá de hacerme este quilombo!

Ella obedeció, como autómata, porque no podía pensar, su mente estaba paralizada.

–¡Tenés otra mina! –dijo. Ahora la voz era calma, fruto de la enormidad de lo que pasaba.

–No es una mina –repuso él, acomodándose la manta, sin mirarla a la cara–. Es una novia oficial que tengo allá en Salta –Y al especificarlo la dulce tonada norteña se notaba aún más.

Patricia no podía creer lo que él decía y por eso se quedó ahí, quieta, en silencio, totalmente destruida por dentro. Porque la parte ilusa de ella esperaba que él se justificara, que explicara el malentendido, que le dijera que no, que no era cierto esto que ella estaba viendo con sus propios ojos, pero le parecía imposible. Juan José siguió sin piedad, sin entender el calibre del golpe que le estaba dando:

–Se llama María Soledad. Vive en Chile. La conocí hace varios años...

–Seguí.

–Estudia Economía Doméstica en Santiago.

–¿Economía Doméstica? ¿Qué carrera es esa? ¿Quién estudia una cosa así?

–Las chicas que quieren casarse y manejar su casa. Las chicas serias.

– ¿Cómo...?

–Mirá, Patricia, vos no entendés porque te burlas de la gente que no hace lo que te gusta a vos.

–¿Qué carajo tiene eso que ver con que tenés una novia oficial y me estuviste engañando todo este tiempo? ¿Que me mangueaste para que te pagara el boleto a Rosario, a conocer a mis viejos para las vacaciones? ¿La engañabas a ella? Y, lo peor, ¿para qué salís conmigo? ¿Vas a seguir saliendo con ella?

Él la miró a la cara y ahora con más valor, se sintió capaz de darle la estocada:

–En una de esas es mejor que hayas visto las fotos, así no tengo que mentirte más.

–¿Mentirme más de lo que me has mentido? –Él la miraba en silencio–. ¡Contestame!

–Claro que voy a seguir con ella y no *salgo* con ella, es mi novia oficial. Lamento que te hayas tenido que enterar así, Patricia, porque yo te quiero mucho. Pero la semana que viene llega ella con su familia a visitar Buenos Aires, así que no íbamos a poder vernos. Estaba por decirte que me iba de viaje. Mejor así.

Ella digirió la información por unos segundos.

–Mirá que suerte, te ahorraste el mentirme como un cretino otra vez. ¿Cuántas veces me habrás mentido así, tomándome de idiota?

La dueña de la pensión apareció en la puerta, con gesto interrogante, sin duda atraída por las voces, pero no dijo nada. Patricia miró a su alrededor y con calma levantó el paquete que había traído, lo abrió y desordenadamente tironeó las camisas prolijamente dobladas.

–¿Qué hacés? ¡Dejá esas camisas ahí!

Lo miró con todo el desprecio que pudo reunir en sus ojos y sin decir una palabra caminó hacia el balcón, abrió la puerta y de un solo manotazo las cinco camisas *wash-and-wear* remontaron vuelo en el viento y la lluvia que por entonces caía a torrentes. Mojándose el pelo peinado y estirado con tanto esmero, Patricia alcanzó a asomarse por la balaustrada para verlas flotar en el viento y caer, en desorden, una sobre el techo de un colectivo y dos en la vereda. Las últimas dos cayeron sobre el asfalto de la calle, empapado de agua, aceite y hollín, para terminar inmediatamente bajo las ruedas de un par de automóviles.

Entró al cuarto, levantó el paraguas y el bolso de mano y, sin escuchar los gritos del enfurecido Juan José, pasó al lado de la sorprendida vieja y salió al pasillo. No pudo esperar el ascensor y corrió escaleras abajo, empapada por la lluvia y por las lágrimas de odio que brotaban sin parar.

Cuando llegó a la calle no quedaba vestigio de ninguna camisa, ni siquiera de las que cayeron sobre la vereda. No abrió el paraguas. La lluvia se mezcló con sus lágrimas y sintió que el pelo se le enrulaba completamente, por fin libre del planchado de la toca.

N. de la A. Este cuento integra la Antología LAIA III, "Los Mundos Posibles", como finalista del Certamen Internacional de Cuentos 2012 organizado por el Latin American Intercultural Alliance en ese mismo año.

Encuentro en el Ávalon

–Empezó a nevar otra vez –comenta Julia fastidiada, y eso que a ella le gusta el invierno.

Desde que nos mudamos juntas, hace casi una década, ha celebrado al aire libre la primera nevada de cada año con una explosión de energía. Sin embargo, esta vez parece un león enjaulado. Puede ser el resabio de esa gripe que no se puede quitar de encima. O peor, tal vez porque cuando pasan los años, el frío deja de ser un golpe estimulante para convertirse en un cuchillo afilado que llega hasta los huesos.

–¿Te hago otro té? –me atrevo a preguntarle, dejando el libro a un costado. Sondea alrededor con ojos inquietos, puedo leer en su mirada que está buscando algo para hacer.

–No, gracias. Ya me sale té por todos los poros, qué joder –masculla, despatarrándose entre los almohadones del sofá que da al ventanal, con la indolencia de los domingos invernales de este pastoral Akron que está en el medio de la nada, en el centro de Ohio.

Yo intento retomar mi libro, pero ella insiste, envolviéndose las piernas en la manta de lana:

–Vamos, contémonos historias, Beba. Rememoremos boludeces, o cosas lindas. Algo que nos saque de este gris pegajoso que empasta el jardín y la ciudad. Algún viaje, no sé...

– ¿No querés que veamos la tele? –trato de escaparme.

–No –se empecina–. Hay *75 canales y ninguna flor*, ya sabés. Y no tenemos ningún video alquilado sin ver.

–Bueno –digo resignada, con pocas ganas de rememorar–, pensemos en algo.

Pero no quiero pensar. Cuando escarbo en el pasado salgo siempre lastimada por las memorias que me salpican desde adentro sin piedad, como esquirlas de granadas clavadas bajo la piel que sigue intacta por fuera, como si nada pasara. Para mí casi nunca el tiempo pasado fue mejor.

–Con tantos deberes de español para corregir, ¿por qué no trabajás un poco?

–No, Beba, no tengo ganas. Ya casi los he terminado, quedan dos o tres.

La alerto con sinceridad:

–Te aviso de que no se me ocurre nada lindo para recordar en este momento.

–No importa –insiste y agrega con voz soñadora–: Mirando este paisaje pelado y gris, con la nevisca que no termina de cuajar en el suelo, estaba pensando en Florida. Allá debe hacer calor. Te acordás, esos veranos sofocantes de Miami, con vestiditos livianos, buscando un lugar con aire acondicionado, metiéndonos en cualquier negocio para respirar... qué locas éramos.

No hace falta que diga más. Julia siempre vuelve por una razón u otra a Florida. Y como para no. Allí vivió, vivimos, los años jóvenes y despreocupados. Los 90 fueron un torbellino y no le es fácil olvidarlos. En cambio, para mí es mejor dejarlos atrás. Porque tengo bastante para recordar también y no todo es bueno. Como lo que pasó con Josh. Cuando South Beach era una eclosión de cuerpos esculturales al sol y sexo de toda índole.

La miro de frente, con premeditación, dejando el libro en la mesita y a bocajarro sacó el tema, ese tema del que he querido hablar por tanto tiempo y nunca me animé. Que se joda ahora.

–Contame otra vez la historia de cuando lo conociste a Josh. Pero contame todo. No vengas con esquivadas esta vez, Julia. Si querés que te dé bola y no vuelva a mi libro, me contás todo. Con detalles.

Me hago la fuerte, cuando sé bien que estoy pidiendo que me acuchille, sin vueltas. Una voz adentro me dice "estás chiflada, qué le estás pidiendo, va a haber quilombo". Pero yo sigo camino al abismo, como siempre que pienso en aquello. Sin pestañear le espeto:

–¿Estamos?

Me mide con ojitos torvos, los mismos que usa cuando sabe que me va a hacer pelota. Para eso nos conocemos de arriba abajo, ella y yo, como si nos miráramos en un espejo.

–Si vos querés... pero antes sirvamos un trago y pidamos una *pizza* para más tarde. No tengo ganas de cocinar. Vos tampoco, ¿no? –dice, calculando cuánto va a lastimar, hasta dónde va a clavar la cuchilla. Midiendo la importancia de lo que tenemos juntas y si el riesgo vale la pena.

Le devuelvo lo que creo es una mirada indiferente, aunque puede ser que me equivoque, mientras me levanto y sirvo los tragos. Si nos vieran nuestros alumnos ahora, ¿se reirían, o les pareceríamos unas solteronas patéticas?

Jamás sospecharían el fuego interior que nos quema todavía, estoy segura.

Ella manotea el teléfono y la escucho pedir una *pizza*, como siempre, una hawaiana, con poca salsa y mucho queso. Preparo una margarita sin sal para mí, un *whisky sour* para ella. Los dos con hielo. Julia sigue arremolinada entre los almohadones. Así en la semipenumbra parece una adolescente, con el pelo lacio revuelto alrededor de la cara y el cuerpo menudo envuelto en un pijama de franela. Se me estruja el estómago por el esfuerzo que hago para ignorar la ola de ternura que me sacude, justo ahora, cuando lo que necesito es coraje.

–Julia, dale, empezá.. Y contámelo todo. Ahora ya no importa.

–Bueno, alguna vez tenía que ser –dice ella, fingiendo pena–, no te podés olvidar, ¿eh?

–No. No me olvidé. Te perdoné, nomás, pero no me olvidé. Dale.

Mientras se acomoda para hablar y traga un poco de *whisky* yo me pregunto por qué los seres humanos nos complacemos en dañarnos mutuamente. Sé que todavía estoy a tiempo de pararla. Pero, claro, no lo hago. Quiero toda la poción de veneno junta.

–Hablame de cuando él pidió el trago en el bar. ¿Qué pensaste?

–¿Antes de que vos llegués? Ya sabés, si te lo dije –La miro amenazante y manoteo el libro. Ella se apresura–. Okey, okey. Yo te estaba esperando abajo. Ese día el Ávalon estaba lleno de turistas. Yo llegué al *lobby* del hotel y no te encontré, así que pedí un trago en la barra, oteando el panorama. En eso lo vi, saliendo del ascensor –Hace un silencio breve, pero sus ojos implorantes no me inspiran piedad.

–Todo. Todo lo que pensaste.

–Bueno, él caminó hasta el bar y pidió algo, sin mirar a su alrededor. Yo estaba sentada en uno de los sillones y no sé qué me pasó. Te juro que nunca me había sucedido. Me eché a temblar. Tuve que apoyar el vaso sobre la mesita, me tiritaba la mano. Josh era tan hermoso, tostado, con esa camisa blanca desabotonada a medias, el pelo desteñido por el sol, los ojos verde oscuros.... ¬Julia me mira y yo hago un gesto imperativo. Ella sigue¬: No le podía sacar los ojos de encima y por fin, él me vio. Beba, te juro que la culpa fue toda mía, él tenía que notar mi mirada insistente... Levantó la cerveza del bar y se me acercó despacio, sonriendo canchero, como si me conociera.

Hace un silencio, perdida en el gris de la ventana que se refleja en los ojos claros en forma de sombras. Sabe que no me gustan los rodeos, así que se vuelve hacia mí.

–¿Por qué no bajaste de tu habitación a la hora en que habíamos quedado? –dice con reproche.

–No te vayas por las ramas –corto yo.

Suspira y después de un trago sigue de golpe, casi sin respirar:

–Me agarré una calentura terrible. A primera vista. Lo hubiera volteado ahí nomás, detrás del mostrador. Me ardía la piel, tenía el corazón galopando. No podíamos dejar de mirarnos, fue una corriente eléctrica que se cruzó por una eternidad entre los dos. Al final él se presentó, no sé qué dijo ni cómo no me derretí ahí mismo. Hablamos por unos minutos, no me acuerdo las palabras. Me llamó la atención su acento, hasta que me enteré que era canadiense francés. Mientras comentaba algo del tiempo, sacó de la billetera una tarjeta del hotel, anotó un número en el reverso y me la extendió. Yo la recibí, como una autómata, todavía sin poder sacar los ojos de esos labios sonrientes –Hace una pausa para tomar aliento–. Y en eso llegaste al bar.

Después de tantos años, todavía los celos me carcomen como buitres. Ella continúa, con voz implorante ahora:

–¿Cómo iba a saber que ese era el tipo que estaba saliendo con vos? Cuando lo vi en la barra pensé que era uno de esos espléndidos ejemplares *gay* que pululaban por el hotel y la playa, uno más escultural que el otro. Por eso me agarró de sorpresa cuando se me acercó con cara de levante.

–No importa. No pongas excusas. Seguí la historia. No te distraigas.

–Y bueno, después llegaste vos, te acordás, cenamos los tres y me llevaron a mi hotel.

–Sí –salto yo con odio, ahora no puedo disimularlo, que se vaya todo al carajo, quiero aclarar las cosas por fin, sacarme esta espina de adentro–. Es por eso que después de enterarte de que era mío, igual lo llamaste, igual te encamaste con él. Porque te encamaste, ¿no? Y ahora me vas a contar todos los detalles, todo. Porque él me lo confesó y voy a saber si me estás macaneando. Cantá nomás.

–Beba, cómo me decís eso. Si no me podés creer, ¿para qué me hacés hablar?

–Vos hablá. Dale –y me preparo para la estocada que estoy pidiéndole.

–Lo llamé al otro día. Esa noche no pude dormir, pensando en él, en vos, en ustedes dos juntos, llena de culpa, tuve sueños inquietos... no podía más. Al otro día nos encontramos después de que él te dejó en el hotel. Te fuiste a dormir, agotada por el día de navegación, ¿te acordás?

Muevo la cabeza asintiendo. Sí, me acuerdo. Me acuerdo del encuentro que tuvimos él y yo en la cabina del velero, a solas. Me sentía en la gloria. Me macaneó tantas cosas al oído. Y todo el tiempo estaba pensando en volteársela a ella.

–¿Dónde se encontraron? ¿Y dónde se encamaron, si se puede saber?

–Me llevó al dúplex de un amigo, eso dijo. Yo no pregunté nada. Para no despertar sospechas nos encontramos en el bar del Penguin, que está bastante alejado del Ávalon, te acordás. Yo caminé hasta allá como en un sueño. Me tomó de la mano y esperamos el auto en la puerta. Yo te había dicho que iba al cine con Marcela. Casi atropello al muchacho del valet parking, de los nervios y el apuro que tenía por subir sin que me vieran –Toma otro trago, sin mirarme–. Josh se metió en el auto y el perfume del *aftershave* me envolvió. Puso la mano en el cambio de marchas, pero la levantó y con su mano cubriendo la mía manejó haciendo los cambios. Cada vez que paraba en una luz, sus tibios dedos me acariciaban levemente hasta el brazo de una forma enloquecedora. No hablamos una palabra. A veces lo miraba de reojo, el cuello terso, la mandíbula recta... yo tenía una calentura infernal y una aguja de culpa ardiendo en el pecho –dice, con los ojos bajos. No se atreve a mirarme de frente.

–¿Y?, estoy esperando.

–Nunca me pasó una cosa así –le tiembla la voz–. Cuando llegamos al edificio, estacionó y subimos hasta el dúplex. Yo iba en las nubes. En el ascensor me levantó el pelo suelto con las dos manos y me besuqueó la nuca. Ahí me di vuelta y lo miré. Nos besamos como locos, con una desesperación que no sé de dónde salió –Hace una pausa. Yo no digo nada. Solo muevo la cabeza, indicándole que siga, pero levanto la copa y tomo un largo trago de margarita, tengo la garganta seca como cartulina.

Ella también toma un trago de *whisky*.

–Él estaba ansioso, como yo... casi no podía meter la llave en la cerradura. Por fin entramos. El departamento estaba en penumbras, la única luz venía de la calle a través de las cortinas de *voile*. Josh cerró la puerta después que entré y ahí nomás, sin dejarme dar un paso más, me apoyó en la pared del pasillito y comenzó a desvestirme despacio, con suavidad, en silencio y besándome de arriba abajo –Hace otra pausa y me mira. Tiene los ojos de un ciervo encandilado.

–Seguí nomás –le digo sin piedad y con ganas de saltarle al cuello y gritarle en la cara lo que me duelen sus palabras.

– ¿Todo? –Hay incredulidad en su voz.

–¿Acaso no lo hicieron? Bueno, ahora ponelo en palabras... –y no termino la frase que tengo en la punta de la lengua: "para que te veas mandándote la canallada que me hiciste". No puedo ni hablar.

Ella traga un poco del *whisky* que ya está aguado, con dificultad, y sigue, a su pesar:

–Vos sabés cómo era Josh... lleno de pasión y ternura al mismo tiempo. Nos acercamos a un sofá del *living* y yo empecé a desvestirlo, como él hizo antes conmigo. Qué hermosa piel para besar y no parar... –Julia tiene la mirada perdida en la ventana y su mente en el recuerdo del cuerpo de él, de esa piel que yo conocí centímetro a centímetro y que recorrí con mis labios tantas veces. Siento que la odio con toda mi alma y no puedo borrar la imagen de los dos en ese sofá. Me ahogan unos celos mortales. ¿Cómo puedo seguir viviendo cerca de esta mina? ¿Por qué no la borro de mi vida?

–¡Decilo todo de una buena vez! –Casi le grito. Ella se apresura ahora, con el aliento entrecortado:

–Para cuando él..., bueno, yo ya estaba terminando casi. Pero siguió con las caricias. Me hizo terminar varias veces... nunca nadie me había hecho sentir así. En el cielo y en el infierno al mismo tiempo.

–¿Terminaron juntos? –la asalto yo, con miedo.

–No –dice piadosa y quiero creerle.

Se cubre la cara con las manos y recién noto las lágrimas que le corren entre los dedos.

–Después nos fuimos del departamento –suspira. Yo espero. Por fin sigue, ahora perdida en sus memorias–: íbamos besuqueándonos con desesperación por el pasillo vacío y después en el ascensor, sabiendo que era una despedida, sintiendo culpa pero sin arrepentimiento, ninguno de los dos. Te soy sincera –Sacude la cabeza–. Eso fue todo.

Ahora clava los ojos hinchados y enrojecidos en los míos, que están llenos de una bronca vieja, acumulada por años y que estoy tratando de largar por fin de adentro, para que no me siga hiriendo. No tengo más palabras, ni quiero que diga más.

Me acerco a la estantería de los libros y saco el álbum de fotos marrón, casi desteñido por los años y por las manos urgentes que lo abrieron miles de veces. Busco una página y la encuentro. Me acerco a Julia con el álbum abierto. Ella sabe qué fotos hay ahí y sus ojos son interrogantes.

–Miralo otra vez –le digo yo, ahora con calma, señalando una ampliación de Josh que ocupa toda la página. Él está sentado en una de las mesas del Ávalon, junto a la barandilla que da sobre la vereda de Ocean Drive. Tiene la camisa medio abierta en el pecho tostado, los ojos verdes chispeantes y esos dientes, increíblemente blancos contra los labios sensuales.

Julia lo mira con ternura.

–Esta es la última que le sacaste, ¿no? Un par de meses después de aquel día –dice con una sonrisa triste, ahora sin temor–. Me acuerdo bien, unas horas antes del accidente. Era hermoso.

–Sí. Era hermoso en todo... a lo mejor por la mezcla de inglés, italiano y francés que tenía, quién sabe. Pero siempre sentí que no era totalmente mío, que era como un rayo de sol pasajero –digo con añoranza y me siento idiota. Ahora el recuerdo de él y de su súbita, inútil muerte me desarman por completo otra vez.

Julia me mira.

–Tenés razón, Beba, fue como un rayo de sol pasajero... y tuvimos la suerte de que nos rozara a las dos.

El silencio que sigue está lleno de sentimientos encontrados. Un silencio compartido de reproches y perdones, de recuerdos y nostalgias. Un silencio en el que la luminosa vitalidad de Josh por primera vez nos une en vez de separarnos. Apoyo el álbum con delicadeza sobre la mesita y me siento al lado de Julia. La nieve que cae afuera está más definida, los copos más blancos y grandes. Ella está quieta, a mi lado, vacilante, como yo.

Después de un instante y en un impulso mutuo, nos abrazamos fuerte, unidas como nunca habíamos podido sentirnos antes.

ISABEL GARCÍA CINTAS

Nació en Córdoba, Argentina. Hizo sus estudios de periodismo y fotografía en Buenos Aires y vivió durante tres años en Melbourne, Australia. A su regreso se radicó en San Carlos de Bariloche, en el sur de la Argentina, donde trabajó en la prensa radial y escrita. Se mudó con su familia a los Estados Unidos en 1987. Ha participado en numerosos talleres literarios de UCLA and MDC, tanto en inglés como en castellano y ha recibido varias menciones y premios en diversos concursos de fotografía y narrativa. Sus relatos han sido publicados en distintos medios editados en el país. Como periodista independiente contribuye con la revista digital Letra Urbana.

Sus dos novelas, *Incidente en la Patagonia (2011)*, una historia de suspenso que trata el tema de los desaparecidos durante el proceso militar y *Del Mediterráneo al Plata (2012)*, basada en las memorias de sus abuelos inmigrantes a la Argentina desde Italia y España obtuvieron puestos de *Honorable Mention* y finalista, respectivamente, en concursos literarios a nivel nacional.

Sus cuentos figuran en tres antologías: **Poetas y Narradores del 2012**, editada por el Instituto de Cultura Peruana de Miami, **Los Mundos Posibles**, antología de obras premiadas por la Latin American Intercultural Alliance de New York del mismo año, y sus micro relatos *No, ¡Claro que no!* y *Sin respuesta* figuran en la **Primera Antología Cáncer de Mama**, organizada en 2015 por la editorial Talento Comunicación de España.

Isabel reside con su esposo en Florida desde el 2001.

Página web de la autora: www.isabelgarciacintas.com

OTROS LIBROS PUBLICADOS

INCIDENTE EN LA PATAGONIA
Un incidente que cambia la
vida de una mujer

Awarded Honorary Mention at the
2015 Latino Into Movies Awards orga-
nized by Latino Literacy Now, Los
Angeles, CA - http://www.lbff.us

Suspense or Mystery
HONORARY MENTION

Varios años después de la muerte de su autora en la cárcel, un manuscrito llega a las manos de una vieja amiga suya en Brooklyn, New York.

En él Alicia Rivera, una periodista argentina, narra la riesgosa odisea en la que se embarcó en 1982, durante los últimos años del proceso militar, mientras trabajaba en la ciudad de Bariloche, motivada por la desaparición de su mejor amiga y colega en Buenos Aires a manos de anónimas fuerzas de seguridad.

Alicia relata cómo, en la desesperada búsqueda, fue testigo de la forma en que los diversos sectores de la sociedad vivieron el proceso militar de facto a través del diálogo con su propia familia, con amigos, con la ambivalente Iglesia Católica y también con un anónimo integrante de las poderosas y ocultas fuerzas de seguridad quien ofrece ayudarla. Cuando acepta pagar el precio pedido para encontrar a su amiga, la experiencia transforma a Alicia y la lleva a un dramático enfrentamiento final.

Editorial Amancay – 309 págs.
www.Amazon.com

DEL MEDITERRANEO AL PLATA
Historias de Familias
Romances, aventuras, tragedias y triunfos...

Nombrado Finalista en el 2012 Dan
Pointer's Global eBook Awards de
Santa Bárbara, CA
www.globalebookawards.com

Genealogy/Heritage/Ancestry
FINALIST

Las memorias de los abuelos y bisabue-
los italianos y españoles de la autora,
recopilada a través de años de investi-
gación y volcada al papel en una novela
que abarca desde fines del Siglo XIX
hasta mediados del Siglo XX.

Conmovedoras historias de inmigrantes, quienes cruzaron Del
Mediterráneo al Plata en busca de un
futuro mejor, en una época en que las
distancias eran inmensas, las comunica-
ciones escasas y el regreso al país natal casi imposible. El precio que
pagaron por esos sueños fue aún más alto que el que pagamos hoy
quienes somos inmigrantes al comenzar de nuevo, reinventándonos,
en otro país.

Editorial Amancay – 525 págs.
www.Amazon.com

www.ingramcontent.com/pod-product-compliance
Lightning Source LLC
Chambersburg PA
CBHW020616250626
47154CB00004B/1542